O PALÁCIO DE VERÃO E OUTROS CONTOS

TÍTULO ORIGINAL *The Summer Palace and Other Stories*
© C.S. Pacat, 2018
Translation rights arranged by Adams Literary and Sandra Bruna Agencia Literaria, SL. All rights reserved. Direitos de tradução geridos por Adams Literary e Sandra Bruna Agencia Literia, SL. Todos os direitos reservados.
© 2024 VR Editora S.A.

Plataforma21 é o selo jovem da VR Editora

GERÊNCIA EDITORIAL Tamires von Atzingen
EDIÇÃO Thaíse Costa Macêdo
EDITORA-ASSISTENTE Marina Constantino
ASSISTÊNCIA EDITORIAL Andréia Fernandes e Michelle Oshiro
PREPARAÇÃO João Rodrigues
REVISÃO Marina Constantino e Lara Freitas
ARTE DE CAPA © Studio JG
ADAPTAÇÃO DE CAPA Pamella Destefi
ILUSTRAÇÃO DE CAPA Katarzyna Bekus
ILUSTRAÇÕES DE MIOLO © by BiZkettE1 / Freepik;
© by macrovector / Freepik
PROJETO GRÁFICO E DIAGRAMAÇÃO DE MIOLO Pamella Destefi
PRODUÇÃO GRÁFICA Alexandre Magno

Dados Internacionais de Catalogação na Publicação (CIP)
(Câmara Brasileira do Livro, SP, Brasil)

Pacat, C. S.
O palácio de verão e outros contos / C. S. Pacat; [tradução Cassandra Gutiérrez]. – Cotia, SP: Plataforma21, 2024. – (Príncipe cativo)

Título original: The Summer Palace and Other Stories
ISBN 978-65-88343-73-9

1. Ficção australiana I. Título. II. Série.

24-189836 CDD-A823

Índices para catálogo sistemático:
1. Ficção: Literatura australiana A823
Aline Graziele Benitez – Bibliotecária – CRB-1/3129

Todos os direitos desta edição reservados à
VR EDITORA S.A.
Via das Magnólias, 327 – Sala 01 | Jardim Colibri
CEP 06713-270 | Cotia | SP
Tel. | Fax: (+55 11) 4702-9148
plataforma21.com.br | plataforma21@vreditoras.com.br

C. S. PACAT

O PALÁCIO DE VERÃO E OUTROS CONTOS

UMA ANTOLOGIA DE **PRÍNCIPE CATIVO**

TRADUÇÃO Cassandra Gutiérrez

SUMÁRIO

Inexperiente, mas apenas por um tempo 7

O palácio de verão 37

As aventuras de Charls, o mercador de tecidos veretiano 75

Escravizado de estimação 117
    Capítulo um 119
    Capítulo dois 133
    Capítulo três 144
    Capítulo quatro 162

INEXPERIENTE, MAS APENAS POR UM TEMPO

Foi importante para Jord se tornar capitão, uma camadinha de lustro que ele guardou para si. Jord era um bom guerreiro, era leal a seu príncipe, mas isso não servia de nada para obter a patente de capitão. Os capitães eram filhos de aristocratas – mesmo que a Guarda do Príncipe fosse um pouco diferente, saída da escória.

Quando a insígnia lhe foi jogada, ele quase a deixou cair.

– Gosto que minhas ordens sejam obedecidas com rapidez, e você acabou de ver o que vai acontecer se não vier quando o chamar. – O príncipe, então, lançou um olhar para Govart, sangrando na terra.

Realmente: ver o príncipe atravessar Govart com sua espada havia instigado uma obediência cega nas novas tropas e deixado uma expressão chocada no rosto do escravo akielon. Todos ficaram paralisados, inúteis, enquanto Govart era enxotado do acampamento.

Depois disso, eles tiveram que compensar um dia de jornada a cavalo, fazendo-a na metade do tempo. Jord gritou para os homens levantarem acampamento, gritou mais uma vez para que montassem nos cavalos, arrastou e colocou Lorens em cima do cavalo com as próprias mãos e ordenou a Orlant que atirasse um balde d'água em Andry, que ficara dormindo enquanto tudo isso acontecia. A tropa enfim começou a se movimentar, e diversas vezes ele teve que recorrer à Guarda do Príncipe para evitar retardatários e obrigar o restante dos mercenários a permanecer em formação.

— Pegue quatro homens e leve a retaguarda deste esquadrão de volta para a estrada – orientou Jord.

Orlant deu um sorriso e disse:

— A retaguarda? Quer que eu...

— Não – interrompeu Jord, que conhecia o outro homem havia muito tempo.

Quando chegaram ao acampamento, os homens do regente tinham se recuperado o suficiente do choque a ponto de demonstrar teimosia em relação às ordens. A maioria deles sabia muito pouco a respeito de ser um soldado. Tudo o que Govart exigira do grupo foi que eles ficassem fora de seu caminho. Jord não poderia estar mais atarefado: as montarias não estavam encilhadas corretamente, havia gritos roucos emitidos debaixo de uma tenda desmoronada e um fluxo constante de palavrões proferidos contra o príncipe ("aquele filho da puta loiro e insensível, aquele canalha alto e presunçoso feito de gelo").

Quando a noite caiu e as tochas arderam em chamas, acompanhando as fileiras de tendas (mais ou menos) retas, Jord percebeu que estava sozinho nos limites do acampamento, perto das árvores.

Ali fora, conseguia ouvir o farfalhar das folhas, mais alto do que os ruídos do acampamento, onde fogueiras e tochas de sentinela formavam pontos de luz que contrastavam com os contornos de tendas de lona, que eram mais escuras. O silêncio das tropas era enganador, já que os mercenários do regente passariam as semanas seguintes à procura de qualquer desculpa para causar confusão.

Jord pegou a insígnia de capitão manchada e amassada e analisou o objeto.

O regente os havia deslocado para a fronteira para que malograssem. Capitanear aqueles mercenários não era uma tarefa para a qual qualquer um se ofereceria. Mesmo para um capitão experiente, era impossível manter a disciplina daquela corja enquanto enfrentava ataques que vinham de oito lados diferentes.

O príncipe sabia da magnitude da tarefa quando entregou aquela insígnia para Jord. E o capitão pensou nisso.

Ao passar o dedo sobre a estrela amassada naquela clareira isolada, ele sorriu.

À esquerda, um graveto se partiu.

Foi logo guardando a insígnia e ficou um tanto corado por ter sido pego em flagrante em um instante íntimo de orgulho.

– Capitão – disse Aimeric.

– Soldado – respondeu, com uma consciência exacerbada do novo título, o qual fora pronunciado com o sotaque aristocrático de Aimeric.

– Espero que não seja insolência de minha parte, mas segui o senhor até aqui. Queria lhe dar os parabéns. O senhor merece. Quer dizer... acho que você é o melhor homem daqui.

Jord soltou uma risada debochada.

– Obrigado, soldado.

– Por acaso falei algo que não devia?

– É a primeira vez que um aristocrata tenta me impressionar.

Um olhar conhecido se instaurou no rosto de traços finos de Aimeric, mas ele não baixou o olhar. Aos 19 anos, o rapaz era exatamente o tipo de bem-nascido que, em geral, conseguia entrar na guarda: um quarto filho, destinado a ser oficial.

– Fui sincero no que disse. Eu o respeito. – As bochechas do rapaz estavam saltadas de tanto rubor. – Quero me sair bem aqui.

– Sair-se bem aqui é simples. Você não precisa polir os botões de minha farda. Apenas dê duro.

– Sim, capitão – respondeu, corado, já dando as costas.

– E, soldado...

Aimeric tornou a se voltar para o capitão. O hematoma no rosto ficou salpicado pela luz do luar. Desde que chegara, fora vítima de lutas. Tinha virado alvo dos mercenários do regente, e qualquer desavença sempre acabava com Aimeric no meio, apanhando de todos.

– O que aconteceu com Govart hoje de manhã não foi culpa sua. O príncipe tomou aquela decisão por conta própria.

– Sim, capitão – disse Aimeric, e seu olhar, ao luar, ficou arregalado por um instante, de um jeito estranho.

◆ ◆ ◆

Como a maioria dos homens da guarda, Jord servia a Laurent por causa de Auguste.

Ainda se recordava de como era tentar impressionar alguém: Auguste era uma lembrança de ouro que jamais se esmaecia, uma estrela brilhante para servir de guia, levado antes do tempo. Naquela época, Jord era mais jovem e tinha habilidades suficientes para ser contratado como guarda em caravanas de mercadores. Auguste o havia visto lutar à distância e chamado a atenção do capitão da milícia regular para ele. Pelo menos foi isso o que o capitão disse para Jord mais tarde – a recomendação de um príncipe. Algo que Jord jamais esqueceu. Trabalhando na capital, ele vira a Guarda do Príncipe de fora – vira a guarda em seu auge, os homens escolhidos a dedo, os melhores entre os nobres, atravessando os portões do palácio a cavalo, as insígnias de estrela douradas reluzentes em sua farda.

E, nos anos que se seguiram à morte do príncipe Auguste, também tinha observado a guarda perder o brilho e desvanecer. Os jovens nobres, que vinham em peso para empunhar o estandarte de estrela do príncipe, o abandonaram e passaram para o lado do regente, cuja facção era o lugar perfeito para quem queria avançar na carreira. O novo herdeiro (Laurent) tinha 13 anos de idade, nenhuma influência e absolutamente nenhum interesse por assuntos militares. Assim, as bandeiras azuis e douradas foram retiradas, e os estandartes de estrela, enrolados e guardados.

Durante dois anos, o emblema do príncipe herdeiro jamais foi hasteado. Foi substituído pelas bandeiras vermelhas da regência, até que se tornou difícil recordar que houvera uma época em que os ordenados pelotões do palácio usavam estrelas no peito.

Ao polir a armadura nos alojamentos regulares, Jord foi interrompido por passos firmes que calçavam botas de montaria com salto e, em seguida, entrou um garoto que possuía o tipo de perfil capaz de derrubar homens de suas cadeiras: cabelo loiro e olhos levemente espremidos, a cor de…

– Alteza – disse Jord, levantando-se de supetão.

– Todos os demais homens recomendados por meu irmão para servir no palácio foram para o lado de meu tio. Por que você não fez o mesmo?

O príncipe tinha 15 anos, estava passando por seu estirão de crescimento, o rosto não era mais o de uma criança. A voz recém-mudada, um tenor.

– O regente só levou os melhores – respondeu Jord.

– Se meu irmão o notou, é porque você é o melhor. – Os olhos azuis firmes, fixos em Jord. – Quero que você faça parte da minha Guarda do Príncipe.

– Alteza, não sou ninguém para...

– E, se vier comigo, exigirei de você o melhor. É o que receberei?

O príncipe ergueu os olhos para Jord, que sentiu cada partícula de sujeira em seu próprio rosto, o corte mal remendado da manga e cada fivela gasta de sua armadura, apesar de ter se ouvido dizer:

– Sim.

Quando chegou com os demais homens que o príncipe havia reunido, ele se deu conta do que tinha sido o orgulho que sentira ao ser convocado: tolice. Eles formavam um apanhado de sobras, como aquelas que se dá a um cachorro. Quando os demais tiveram que arrancar Huet da cama e afundar Rochert na tina de água onde os cavalos bebiam para curá-lo da bebedeira, Jord soltou uma risada debochada. Lembrou-se de Orlant, um homem corpulento que dois anos antes havia sido expulso da milícia da capital.

Então viu o que o Huet era capaz de fazer com um arco e como Rochert podia manejar facas. Este ficou sóbrio, pois Orlant sentou-se a seu lado até que os tremores passassem, e quando Jord se deu conta, já estava de volta aos alojamentos, compartilhando um cozido com os outros, em um prato de lata.

– Eu não achei que você seria bom em alguma coisa, não com essa aparência – disse-lhe Orlant. – Sem querer ofender.

Seis meses depois, Jord acompanhou o príncipe até uma arena de treino privativa e fechada, obedecendo à imperiosa ordem:

– Lute comigo.

Ele brandiu a espada e atacou, sem levar aquilo a sério. Não queria ferir o príncipe herdeiro. Quem saberia dizer o destino de um guarda que deixasse o príncipe com o lábio inchado?

– Achei que o senhor não fosse muito de lutas – comentou Jord, levantando-se da serragem vários minutos depois. Por fim, lembrou-se: – Alteza.

– Andei praticando.

Isso foi cinco anos antes. Jord jamais esperou que seu príncipe, agora com 20 anos, fosse olhá-lo nos olhos e dizer: "Você é meu capitão". O aperto que deu no ombro de Jord foi firme e, naquele momento, seu olhar já estava na altura do olhar do outro.

Jord nunca havia chegado tão perto daquele menino que já era um rapaz. Tirando as vezes em que o príncipe o fizera cair no chão de terra da arena de treinamento e, em seguida, estendera a mão para ajudá-lo a se levantar.

◆ ◆ ◆

– O que foi que você disse para ele? – perguntou Orlant, apontando com o queixo para Aimeric.

Enervado e manco, os olhos sem vida, ele estava atirado no chão de terra, de costas para o tronco de uma árvore. Tinha superado os próprios limites até mal conseguir se aguentar em pé nos exercícios de treinamento pensados para exaurir homens muito mais duros.

– Nada – respondeu Jord.

"Dê duro." A contragosto, ele admirava isso. Aimeric se esforçava, terminando o dia praticamente meio desmaiado; além disso, passava a noite limpando a armadura e os equipamentos e era o primeiro a acordar, pronto para encarar os exercícios matutinos. Não se esquivava de nada, não reclamava e aceitava ordens de homens que, por nascimento, estavam abaixo dele – naquela companhia, isso significava todo mundo.

– Eles mandaram um aristocrata vir lutar na Guarda do Príncipe? – perguntara Huet quando Aimeric fora recrutado, olhando fixamente para o aristocrata como um torrão de terra olharia para uma flor.

– Deixe disso – repreendeu Jord.

O príncipe queria que Aimeric estivesse ali e, sendo assim, ali estava o rapaz. Fossem lá quais eram as ideias malucas que o príncipe tinha, as pessoas concordavam.

Duas noites depois de ter ido parabenizá-lo pelo título de capitão, Aimeric conseguira localizar Jord sentado perto da fogueira.

– Terminei de tratar dos cavalos, posso fazer qualquer tarefa que precise ser feita, caso...

– Sente-se.

Jord lançou um único olhar para o rapaz. Aimeric se sentou, constrangido. Então aceitou a caneca de vinho barato que Huet lhe ofereceu. Não falou quase nada. Tornou-se um hábito bastante frequente Aimeric vir sentar-se com Jord perto da fogueira ao final de cada dia. No início, Jord ficava apreensivo perto dele, o jovem aristocrata que ficava calado enquanto os outros homens falavam alto.

Os dois não falavam muito, separados pelo abismo de classe e de cultura entre eles. Às vezes, Aimeric fazia perguntas e Jord respondia sem se dar conta. O capitão cuidava de Aimeric quando possível. O nobre cometia erros, mas nunca o mesmo erro duas vezes. "Quero me sair bem aqui." Quando Jord dava conselhos, Aimeric dava ouvidos, sério, e às vezes continuava trabalhando até altas horas da noite, treinando até bem depois de os demais já estarem dormindo.

Isso ajudou. Sua melhora era notável, graças à persistência obstinada de Aimeric. Provavelmente, pensou Jord, era essa persistência que o príncipe havia enxergado no rapaz, reconhecendo o potencial de sua veia teimosa. A postura de Aimeric ficou mais firme, seu modo de cavalgar melhorou, e agora ele conseguia levar um golpe sem cair – de vez em quando, pelo menos.

Nas outras vezes, dava a impressão de que iria cair caso uma pluma o atingisse, isso se conseguisse ficar de pé, para começo de conversa.

– É melhor você comer ele antes que dê um mau jeito em alguma coisa – disse Orlant.

◆ ◆ ◆

Não demorou para que se dessem conta de que o príncipe havia (re)formado a Guarda do Príncipe sem pedir permissão para o tio.

Era a sensação da corte: o jovem príncipe andando por aí a cavalo com um bando de marginais, convidando-os para entrar no palácio, permitindo que adentrassem em seus aposentos privativos, já que eram seus guardas pessoais. Plebeus usando a estrela do príncipe? O regente não gostou. O conselho não gostou. Acima de tudo, a Guarda do Regente não gostou. A Guarda do Regente era formada por aristocratas. A Guarda do Príncipe, pela ralé: pela escória, por vermes, por gentinha indigna, que aviltava a insígnia de estrela. Com o mesmo sotaque refinado com o qual Aimeric dizia "capitão", o jovem aristocrata Chauvin vomitou tudo isso sobre Jord no pátio, na frente de todos.

Jord riu com desdém e saiu de perto dele. Essas brigas com a Guarda do Regente haviam começado quase que de imediato. Havia brigas por causa dos equipamentos. Brigas por causa de território. Havia brigas caso a respiração da Guarda do Príncipe irritasse a Guarda do Regente.

O pátio interno, repleto de gente e de estandartes, também estava repleto de sorrisos, porque espectadores de ambas as facções se haviam reunido; e os gritos e incitações não vinham apenas do pátio, mas também das galerias abertas logo acima e dos degraus que levavam à muralha. Jord passou batendo o ombro no de Chauvin, indo em direção à ala norte, deixando-o para trás.

O som de metal atravessou o pátio. Jord mal teve tempo de se virar, empunhar a espada e se defender, em meio a um turbilhão rápido e desesperado, conforme Chauvin atacava.

Foi rápido, mas Jord vivia da espada desde que se entendia por gente. Ele era bom nisso. Era melhor do que Chauvin e, depois de um primeiro embate de espadas, fez o oponente ir cambaleando para trás, desarmado, quase tropeçando na terra do campo de treino.

Foi então que os sorrisos começaram a se dissipar do rosto dos espectadores e um silêncio terrível fez-se presente. Chauvin fitava Orlant, de cara vermelha e humilhado.

– Você vai para a forca – disse Chauvin. – Você vai para a forca. Você não é ninguém. Eu sou da família de um conselheiro.

– Vá chamar o príncipe – disse Orlant.

O príncipe estava acima de Chauvin e, provavelmente, foi só nisso que Orlant conseguiu pensar. Jord foi retirado do pátio pela Guarda do Regente e, quando deu por si, estava dentro de uma cela cujas dimensões eram diminutas. Ali, sentou-se de costas para a parede, os braços cruzados em cima dos joelhos. Conseguia enxergar o corredor do lado de fora da cela e as escadas, um pouco mais adiante, onde a luz perdia força, a tarde virando noite. Ele não conseguia enxergar mais nada, nem guardas nem nenhum rosto conhecido, nem prisioneiros nem amigos. Sentia-se exatamente como estava: isolado, sozinho, impotente.

Então acordou e deu de cara com uma pessoa parada diante das barras da cela, um menino que fora ali sozinho e agora estava prescrutando a expressão de Jord, que se colocou de pé, todo sem jeito.

– Você atacou primeiro?

– Não – respondeu Jord.

– Então deixe que resolvo isso.

Jord ficou olhando para ele. Aos 15 anos, o príncipe só havia avançado três-quartos em sua fase de crescimento, sem nenhum sinal de barba por vir. Quando falou, suas palavras foram sérias.

Na manhã seguinte, Jord foi liberto da cela, e os homens da Guarda do Príncipe se amontoaram ao redor dele nos alojamentos. Deram-lhe uma banqueta e uma caneca de vinho, e todos falavam ao mesmo tempo, disputando para contar sua própria versão da história.

Jord a entendeu aos pedaços: fora a palavra do príncipe contra a de Chauvin. Chauvin ficara furioso. O príncipe pessoalmente tinha ficado a favor de Jord. O conselho inteiro se reunira, o príncipe empregara palavras refinadas e, ao fim da ocasião, o regente declarara: "Meu querido sobrinho. Nós confiaremos em seu relato. Com uma condição: se algo semelhante tornar a acontecer, a Guarda do Príncipe será desmantelada".

Naquela noite, Jord bebeu em demasia e falou para Orlant:

— Não sou idiota. Eles vão usar isso para derrubar a Guarda do Príncipe.

Para derrubar todos eles, tanto o príncipe quanto a guarda. Orlant não disse isso.

— Por acaso já lhe contei da primeira vez que fui expulso da milícia da capital?

Jord fez que não.

— Eu chamei um aristocrata de merdinha.

— E o que o príncipe disse a respeito disso?

— Disse que concordava.

Jord soltou um suspiro, achando graça.

– O que foi que ele disse, de fato?

– Disse que, se eu desse um passo que fosse fora da linha na guarda dele, iria me mandar para o tronco.

– Isso me parece mais algo que ele diria.

– Ele é um filho da puta de sangue frio – comentou Orlant, com orgulho.

– O príncipe ainda é inexperiente – disse Jord, franzindo o cenho, porque o príncipe havia baixado a guarda e era novo demais para ter consciência disso.

"Ele comprou briga com o conselho por sua causa", foi o pensamento que teve, mas o príncipe era um garoto e não sabia que não devia deixar o pescoço ao alcance do inimigo. A Guarda do Regente era poderosa, e sua rivalidade, significativa. Pensando na formação da Guarda do Príncipe, Jord concluiu que se tratava do capricho impensado de um menino: eles eram um apanhado de brutamontes enjeitados que jamais seriam alguém na vida.

– Apenas um tolo daria uma segunda chance para homens como nós – concordou Orlant.

◆ ◆ ◆

Não era como se Jord não soubesse que Aimeric estava olhando em sua direção. Ele sabia. Era o fato de que Aimeric estava olhando para ele que o fez olhar para o nobre.

Em uma tropa de homens que pareciam um penhasco e Orlant, que parecia um terreno colapsado, Aimeric era alguém para quem Jord podia se voltar quando, no fim do dia, sentava-se com os demais ao redor da fogueira do acampamento, segurando uma caneca de lata amassada, cheia de vinho.

Ele gostava do queixo teimoso de Aimeric. Gostava de seus cachos soltos, que mal cabiam no elmo. Gostava do fato de que, quando olhava para Aimeric, este estava olhando em sua direção. Era um bom devaneio, ainda que sua imaginação tivesse lacunas no lugar dos detalhes, dado que Aimeric era um aristocrata.

Com base em sua experiência, os aristocratas lhe diziam coisas do tipo "Posição de sentido, soldado" ou "Leve esses alforjes para lá". Jord não sabia que um aristocrata poderia se dignar a olhar para um capitão de guarda da ralé, nem que fosse por alguns instantes. E Aimeric era tão bem-nascido que deveria ter, em Fontaine, seu próprio escravizado de estimação, alguma espécie de jovem mimado, comprado para brincar à mesa com ele durante o dia e aquecer sua cama à noite.

Bem, nem todos os olhares feios do mundo teriam importância quando todos eles acabassem morrendo debaixo de um desmoronamento ou sofressem um ataque de salteadores.

O único motivo de terem sobrevivido foi por causa do demônio de cabelos amarelos, que os obrigara a fazer manobras de treinamento do raiar até o pôr do sol, manobras essas que faziam até mesmo os mais empedernidos dos homens caírem no chão de terra, exaustos, cansados demais até para xingar o príncipe que os obrigara a fazê-las.

Aimeric estava vindo em sua direção.

O toco ao lado de Jord estava vago. Aimeric sentou-se ali. Diante deles, a fogueira soltava fumaça e luz alaranjada. O capitão passou-lhe o cantil. O outro tossiu, já que o recipiente continha bebida alcoólica, não água. Provavelmente, tossiu por causa da qualidade da bebida, não porque era forte. Aimeric limpou a boca com a mão e tentou devolver o cantil.

– Pensei que você poderia estar precisando – ofereceu Jord.

– Eu me sairei melhor – disse Aimeric, depois de um bom tempo. – Eu me sairei melhor até que seja bom o bastante.

Jord olhou para a postura cansada dos ombros de Aimeric, para suas olheiras e seus cachos, alisados e transformados em mechas lambidas de suor por causa do elmo. Os dedos de Aimeric apertavam o cantil com força. Caso em algum momento tivesse tido as mãos macias e bem-cuidadas de um aristocrata, elas agora estavam calejadas pelas semanas de manobras, e havia terra debaixo das unhas quebradas por conta do dia de trabalho duro.

Do outro lado do acampamento, o príncipe estava desmontando do cavalo sem nenhum esforço, intocado pelas tarefas exaustivas do dia e com sua postura altiva inabalada. Dava a impressão de nem sequer ter poeira nas botas. Típico.

– Não é o que você esperava? – perguntou Jord.

De início, a impressão foi de que Aimeric não iria responder.

– Achei que eu conseguiria uma função na corte.

– Então por que se juntou à guarda?

– Porque, se o regente e o príncipe estão em contenda, é melhor ser aliado do homem que vai vencer, mas, por precaução, enviar o filho descartável para lutar do outro lado.

Aimeric ficou corado. Essa fora a primeira coisa não cerimoniosa ou elogiosa que dissera para Jord.

– Desculpe. Não foi isso...

– Você não é descartável – ofereceu Jord. – Você se esforça mais do que qualquer homem daqui. O príncipe o quer nesta tropa.

– Não é o príncipe que estou tentando impressionar.

Fez-se um silêncio, e essas palavras ficaram pairando no ar. O fogo crepitou e soltou faíscas, e houve a impressão de que a noite se estreitou.

– Eu quero você nesta tropa – declarou Jord.

– E fora dela?

– Você é filho do conselheiro Guion.

– Não ligo para hierarquia – retrucou Aimeric.

– Pois deveria.

– Por quê? O senhor liga?

– Eu sou seu capitão.

– Então é o senhor que está acima de mim.

– Deixe disso – disse Jord, mas tinha um sorriso no rosto conforme pagava o cantil de volta e tomava um gole.

– Eu penso no senhor – revelou Aimeric.

Jord se engasgou com a bebida. Sentiu que algo se derramava no ar entre eles, e o fato de seus batimentos se acelerarem fez com que se sentisse tolo. Aimeric não ficou ruborizado por falar dessa maneira com um capitão da guarda de classe inferior – não se constrangeu nem ficou acanhado como Jord, de repente, ficara.

– O senhor pensa em mim, nem que seja um pouco? – perguntou Aimeric. – Ou é igual ao príncipe?

Com o queixo teimoso, o rapaz fez sinal para o príncipe, cujo cabelo loiro era identificável do outro lado do acampamento, mesmo sob aquela luz fraca. Jord tinha demasiada consciência dele e dos demais homens do acampamento que os rodeavam, como se o que estivesse transcorrendo entre ele e Aimeric fosse algo íntimo, mas, ao mesmo tempo, devesse ser óbvio para os espectadores, testemunhado por todos.

Se Aimeric fosse um ajudante de estábulo, Jord o teria traçado. Mas, em termos hierárquicos, o rapaz estava mais perto do rei do que Jord. Aimeric tinha mais poder e influência do que a patente de Jord conferia. Aristocratas não se metiam com capitães de guarda da ralé, ou, quando o faziam, tratava-se de um capricho imprevisível. Recusar um aristocrata... só isso já era ruim o bastante. Agora, levar um aristocrata para a cama era pior. O conselheiro Guion não permitiria que um homem como Jord se sentasse à mesa, que dirá ir para a cama com seu filho.

Jord olhou para o rosto aristocrático de Aimeric, para os lábios volumosos, para o cacho impossível de domar caído sobre a testa, que tinha vontade de afastar dali com as próprias mãos.

– Você sabe que o tenho em alta conta – respondeu Jord. E sentiu as bochechas ficarem quentes.

– Tem-me em alta conta – repetiu Aimeric.

– Até o príncipe é um homem – disse Jord.

– Você é o único que acha isso – rebateu Aimeric. – Ele é uma estátua. Não sente nada.

Jord se virou para trás e olhou para o príncipe. Era verdade que era um déspota. Aquele tinha sido um dia de ordens implacáveis, combinadas com a falta de compaixão desumana do príncipe por aqueles que não eram capazes de acompanhar o ritmo que estabelecera.

Quando deu por si, Jord estava dizendo:

– Eu luto sob as ordens do príncipe desde que ele tinha 15 anos.
– Então você também não teve escolha.

Via de regra, Jord não revelava o que pensava de seus superiores. Sabia que, para Aimeric, a Guarda do Príncipe era um rebaixamento: que Aimeric estava sozinho, que não tinha mais ninguém de sua própria classe com quem se misturar. Como filho de conselheiro, poderia muito bem ter se tornado um companheiro de infância do príncipe. Mas aquele príncipe era um cretino sem amigos. Sendo assim, desprezado pelo príncipe, Aimeric foi relegado à companhia de soldados malnascidos. Era provável que o rapaz tivesse ido atrás de seu capitão porque Jord era a coisa mais próxima de um homem de sua própria classe que havia na tropa.

Ele jamais entenderia a honra que era, para um homem nascido na classe de Jord, ter a oportunidade de usar a estrela do príncipe, que dirá ser promovido a capitão.

– Ele é o meu príncipe – declarou Jord.

◆ ◆ ◆

Todos recordavam: semanas engolindo insultos, ignorando atos de sabotagem, permitindo que a Guarda do Regente passasse por cima deles com crueldade. A Guarda do Regente danificou os equipamentos deles. Não disseram nada. A Guarda do Regente sabotou suas armas. Ninguém reclamou. Orlant até segurou Huet quando Chauvin mijou na cama dele.

Estar naquele momento andando a cavalo na companhia dos

mercenários do regente não era nada em comparação àquelas primeiras semanas, quando restrições opressivas expulsaram a Guarda do Príncipe dos salões de treinamento e do pátio, e as humilhações e os insultos foram se acumulando, uns por cima dos outros. Não tinha sido possível fazer nada a não ser aguentar firme. Pelo bem da guarda, eles tiveram que aguentar. O príncipe havia arriscado a própria reputação por causa de um deles, portanto os homens da tropa o honrariam.

O caldo entornara três semanas depois que Chauvin tinha atacado Jord, que se encontrava parado do lado de fora dos alojamentos da guarda, na companhia de seis homens da Guarda do Príncipe, além do conselheiro Audin, Chauvin e um esquadrão de homens portando tochas.

Jord sentiu um embrulho no estômago quando viu que os aposentos que estavam cercando pertenciam a Orlant. Porque, dessa vez, a acusação triunfante de Chauvin era que alguém da Guarda do Príncipe estava na cama com uma escravizada de estimação, uma mulher.

Ele pensou em Joie, a lavadeira, que atiçava Orlant pelas manhãs, ou Elie, das cozinhas, que certa vez deu para Orlant a ponta de um filão de pão recém-assado. Não poderia haver uma escravizada de estimação lá dentro com Orlant. Qual delas correria o risco de perder uma vida de joias e conforto em troca da cara de boi de Orlant?

Deveria ser alguém da classe deles, e ela seria expulsa dali, junto com Orlant. Se ele tivesse sorte, levaria chibatadas. Se realmente fosse a escravizada de estimação de uma mulher nobre, seria executado. De todo modo, a Guarda do Príncipe não sobreviveria. Orlant estava arruinado, assim como a guarda – era essa a expressão triunfante nos olhos de Chauvin.

Os soldados se posicionaram. Jord só teve tempo de vislumbrar o aríete – o olhar duro dos soldados, o golpe – antes de a porta ser arrombada.

Por um instante, todos ficaram olhando.

Atrás da porta estilhaçada, os alojamentos eram pequenos. Não havia onde se esconder nem como se jogar atrás de um biombo. Tudo estava à vista. E lá estava Orlant, nu como Jord jamais quisera ver, e certamente havia alguém com ele, usando o chapéu característico das escravizadas de estimação. Mas não se tratava de uma escravizada. Era Huet.

– Ei! – exclamou Huet.

– Isso não é nem um pouco indecente – falou Audin, com a testa levemente franzida de quem achava ter perdido tempo.

– Esta é a segunda vez que a Guarda do Regente faz falsas acusações contra meus homens – disse o príncipe, para o conselho.

E falou isso de forma branda. Demorou alguns instantes para que as implicações dessa entonação fossem compreendidas pela câmara do conselho, para onde todos tinham sido arrastados, para prestar testemunho.

– Foi apenas um simples engano... – disse Chauvin.

– Dois simples enganos – rebateu o príncipe.

Sentava-se no trono ao lado direito do tio, uma figura de menino, com um rosto que não trazia nenhum traço além de inocência. O cabelo feito raios de sol, os olhos feito o céu, o tom ainda brando, assim como a consideração branda dirigida a Chauvin, que, por instinto, encarava seu benfeitor.

– Conselheiro...

– Primo, você arrastou o nome da família para suas querelas – falou Audin, franzindo o cenho. – O conselho não existe para solucionar desentendimentos banais.

Os demais conselheiros assentiram com a cabeça, mudaram de posição e murmuraram palavras de concordância. Todos os cinco eram homens de idade, e o mais velho deles, Herode, disse:

– Nós deveríamos retomar a discussão que tivemos a respeito da Guarda do Príncipe.

Liberado para ir ao corredor, Jord, sem dizer nada, entregou para Orlant uma camisa que pegara às pressas em seus aposentos.

– Eu não estou dormindo com Huet – disse Orlant. – Ele simplesmente apareceu. Usando aquele negócio.

– O príncipe disse que todos estariam usando aquilo – disse Huet, fazendo careta.

– Pelo menos você estava usando alguma coisa – comentou Orlant, vestindo a camisa.

– O príncipe ordenou que aparecesse nos aposentos de Orlant usando aquele negócio? – perguntou Jord.

Na manhã seguinte, a Guarda do Príncipe se reuniu no pátio, usando o uniforme completo, as fivelas brilhando, as botas engraxadas. A novidade se espalhara feito um incêndio: Chauvin tinha sido mandado de volta para Marches, caído em desgraça, e o conselho havia retirado a ameaça de desmantelar a Guarda do Príncipe. Eles foram reintegrados por completo, e o conselho determinara que a Guarda do Regente não poderia mais se meter com eles.

Jord viu o príncipe entrar no pátio e ficar imóvel quando avistou a guarda, reunida e de prontidão para ele, em fileiras organizadas. Por um instante, nenhum ruído foi ouvido, a não ser o dos estandartes de estrela tremulando na brisa.

O príncipe então falou:

– Essa comemoração é prematura. Tenho total autoridade sobre vocês e não pretendo ser leniente. Farei com que vocês se esforcem como nunca fizeram na vida. Minha expectativa é a de que a Guarda do Príncipe seja a melhor.

Ele parou na fileira diante de Jord e cruzou o olhar com o do capitão.

– Era um belo chapéu – disse Jord.

– Falei que resolveria a situação – respondeu o príncipe.

A tenda de comando do príncipe era uma forma oblonga de lona cor de creme com um triângulo azul tremulante no alto e a entrada aberta, presa com corda, para permitir que os homens entrassem e saíssem no decorrer do dia, com boletins, com notícias, trazendo mensageiros ou suprimentos. Antes de entrar, Jord observou seu interior.

Havia duas cabeças inclinadas e juntas, debruçadas sobre um mapa, uma de cabelos escuros e a outra de cabelos loiros.

O príncipe estava a sós na tenda com o akielon que lhe servia.

O akielon estava murmurando algo, com uma postura tranquila, no comando da estratégia. O príncipe assentiu com a cabeça, absorto. Então seguiu com os olhos o dedo do servo, que traçava uma linha sobre o mapa.

Jord jamais o vira daquele jeito, tendo uma conversa íntima, à vontade. O príncipe não cultivava companhias. Não fizera isso quando era menino e tampouco depois que se tornara um rapaz. Jord teve a sensação de que era um intruso numa situação particular. Estava perplexo com a concentração silenciosa dos dois, com a proximidade, os ombros quase se tocando.

– Alteza – chamou Jord, como se pigarreasse.

Os dois ergueram os olhos ao mesmo tempo.

Os rostos deles eram diferentes, mas expressões idênticas – curiosos com aquela interrupção sem importância – quando o príncipe disse:

– Reporte-se, capitão.

Os equipamentos e suprimentos estavam durando. As manobras de treinamento estavam encaminhadas. Jord tinha castigado um dos mercenários do regente por conta de alguns comentários. Ele detalhou o castigo, no entanto não reproduziu os comentários. O príncipe, cuja anatomia e preferências haviam sido descritas com riqueza de detalhes nos comentários em questão, falou:

– Seu relato é prudente. Muito bem. Considero a ausência de carnificina em grande escala um sucesso.

– Alteza – disse Jord.

A presença dos dois permaneceu na tenda muito depois de terem ido embora.

O akielon também escutara os relatos – como se fosse ele quem os estava recebendo. A expressão meiga que surgira nos olhos castanho-escuros dava a entender que se tratava de um homem capaz de encontrar prazeres simples em uma posição complicada. O príncipe, ao que tudo indicava, permitia isso, uma espécie de familiaridade, algo que rejeitava quando vindo de outras pessoas.

Jord lançou um olhar para o mapa estendido.

Era uma confusão de símbolos desconhecidos, uma abreviação geopolítica que ele não sabia ler. Metade dos símbolos eram heráldicas que jamais vira na vida, outros eram pontos e barras que nada lhe significavam. Jord conhecia as letras, sabia como compreender um mapa comum, mas aquele estava além de seus conhecimentos.

Ele era um capitão da guarda. Sabia conduzir manobras de treinamento. Sabia administrar suprimentos. Sabia organizar vigílias, formações e barricadas. Sabia proteger um posto avançado ou um pequeno comboio nas montanhas.

Mas aquilo era tática de guerra em larga escala. Exigia um conhecimento profundo – de generalato, estrategia e comando, coisas que levaria anos para adquirir. O akielon possuía isso. O príncipe estava aprendendo, era capaz de absorver conceitos teóricos complexos e dar o salto necessário para ter novas ideias em um instante.

Ali os dois planejavam algo que Jord não compreendia e sentiu que vislumbrava, por apenas um instante, um mundo que era grande demais para ele.

– Capitão – disse Aimeric.

Jord ergueu o olhar. Mesmo vestido com aqueles trajes simples de soldado, Aimeric não perdera nada de sua postura aristocrática.

O sol havia se posto, e homens vieram acender as tochas da entrada da tenda, assim como outros haviam entrado e saído da tenda ao longo de todo o dia, chamando a atenção do príncipe para isso ou aquilo. A luz emoldurou Aimeric, cuja vez de entrar chegara, quando Jord estava sozinho.

– Posso explicar. Se o senhor quiser.

Jord ficou corado. Aimeric não estava olhando para o mapa de guerra, mas ficou claro sobre o que estava falando.

– O senhor me ajudou quando cheguei aqui – disse ele.

Atrás de Aimeric, a entrada aberta emoldurava os contornos escuros do acampamento à noite e o ruído minguante que vinha de fora, já que a maioria dos homens estava dando o dia por encerrado e indo se deitar.

Aimeric se aproximou e ficou no mesmo local em que o príncipe estivera, poucos instantes antes. Jord supôs que aquilo fosse natural para ele, que fizesse parte de sua educação aprender a ler os sigilos heráldicos, aqueles símbolos e marcadores desconhecidos empregados para representar o domínio de um território.

Jord se sentiu um impostor. Aquele não era seu mundo, mas, se a guerra estava por vir, queria estar do lado certo e fazer o que estivesse a seu alcance. Ele se aproximou do mapa.

Aimeric, ficou claro, sabia explicar bem as coisas e falou a respeito dos elementos básicos do mapa. Jord ficou acanhado de início, e Aimeric também ficou um pouco, mas aquelas linhas traçadas à tinta começaram a fazer sentido, e foi uma sensação boa descobrir que estava começando a compreender. Por fim, fez-se um silêncio e eles terminaram de ler o mapa.

— Obrigado — disse Jord. O que não bastou. Então disse a verdade, baixinho, constrangido: — Ser capitão é muito importante para mim.

O clima entre os dois mudou. Aimeric dirigiu o olhar para a boca de Jord. O beijo aconteceu com um Aimeric de olhos muito sérios, a mão de Jord em seu pescoço. O capitão sentiu a submissão doce e instantânea da boca do aristocrata. O corpo inteiro de Aimeric cedeu ao beijo. Jord o puxou mais para perto e o beijou exatamente como havia imaginado, um beijo longo e intenso. Quando se afastou, as bochechas de Aimeric estavam coradas, e os olhos, intensos e arregalados.

Os pensamentos de Jord giravam com tolices, o tipo de coisas que ele não encontrava palavras para traduzir.

— Permita-me — disse Aimeric, antes que Jord conseguisse dizer alguma coisa. — Sou bom nisso.

As mãos de Aimeric começaram a mexer na amarração da virilha de Jord. A entrada da tenda ainda estava aberta. Era tudo rápido demais, repentino demais, a sensação daquele beijo ainda nos lábios de Jord, deixando-o tonto.

O capitão segurou as mãos de Aimeric e se afastou, para que pudessem se olhar nos olhos, Aimeric confuso e corado.

— Não entendi. Pensei que você...

— Eu quero... eu... se me quiser, convido-o para ir até minha tenda — disse Jord, a voz rouca, sem nem mesmo saber, quando disse isso, se era algo que Aimeric esperava ou ao menos queria. — Eu não sou... um homem digno de sua posição de nascença. Não será como você está acostumado. Mas fui sincero quando disse que o tenho em alta conta.

Aimeric estava olhando para Jord sem piscar. O capitão se sentia tão deslocado, parado ali, em meio às finas sedas da tenda de um príncipe. Aimeric era um aristocrata. Mas também tinha uma certa maneira de ser simplesmente quem era, o rapaz que Jord admirava pela teimosa dedicação ao trabalho, que estava tão deslocado, à própria maneira, como qualquer um deles.

– Eu... sim, tudo bem, se o senhor... sim. – Aimeric deu um passo para trás, a respiração um pouco ofegante, descompassada. Ele olhou para a entrada escura da tenda e, depois, para Jord. – O senhor sai primeiro. Eu vou logo atrás. Não se preocupe. Não vou deixar ninguém me ver. Sou discreto. – E então sorriu.

Aimeric ficou esperando na tenda, perto do mapa, enquanto Jord dava os primeiros passos do lado de fora, que ao mesmo tempo estava escuro e iluminado pelas tochas reluzentes, as luzes que ele seguiria.

Lá fora, o acampamento era uma coleção de metades que não se encaixavam, mercenários e a Guarda do Príncipe, dividindo acampamento, poucos demais, pensou, para causar um estrago grande em caso de briga, mas cada tenda abrigava um homem disposto a fazer o que estivesse a seu alcance. Era uma parceria improvável, mas a esperança crescia em relação ao que poderia ser feito em conjunto, e não por conta própria. Ele sentiu o beijo nos lábios mais uma vez, sua novidade, a promessa que trazia. E, naquele momento, fazia parte de algo, um começo, a noite feito luzes e a fronteira adiante de si.

O PALÁCIO DE VERÃO

Damen saltou do cavalo com facilidade. Uma facilidade recém-adquirida. No instante em que suas sandálias encostaram na terra, ele sentiu a vibração em seu corpo. A última vez que estivera ali – aos 19 anos, um brotinho – havia sido um período de caçadas exuberantes, competições esportivas empolgantes durante o dia, aventuras empolgantes na cama durante a noite, comendo uma escravizada ou um jovem guerreiro, metendo a torto e a direito com a avidez da juventude.

Encontrou o lugar igual a suas recordações quando apeou naquele pátio cercado de flores. O aroma dos botões, do ar limpo e rarefeito, de óleos adocicados e da terra delicada, tudo misturado, ali, onde degraus rasos desciam até a primeira das entradas e ao primeiro dos arcos de galhos que iam até jardim.

Agora Damen sentia a mistura intensa e inebriante de novos desejos que o fizeram se afastar da comitiva real nos quilômetros finais, atiçando o cavalo para que galopasse à frente de todos, sozinho, como quis – como quis com tamanho afinco.

Ali, atirou as rédeas para um servo, ouviu um "Perto do chafariz leste" e, em seguida, foi abrindo caminho por entre os galhos de murta--comum que se penduravam, mais abaixo, por cima das trilhas até os trechos pavimentados de mármore, chegando a um jardim com um mirante, onde havia uma pessoa parada, olhando para a frente. No horizonte, o mar era uma vista ampla e súbita, enorme e azul.

Damen também olhou... para uma única coisa: a brisa que brincava com uma mecha de cabelo loiro, os braços e pernas gelados e claros vestindo algodão branco. Sentiu a própria felicidade crescente, o acelerar dos batimentos. Um lado seu, absurdamente, ficou imaginando como seria recebido: aquela ansiedade agradável e palpitante de um novo amante. Era agradável também ficar apenas olhando, vê-lo enquanto pensava que não estava sendo observado, ainda que a voz tão conhecida falasse de uma maneira precisa e confiante:

– Avise-me assim que o rei se aproximar, quero ser informado de imediato.

Damen sentiu um prazer crescente.

– Não sou um servo.

Laurent se virou.

Estava parado diante da vista. A brisa que brincava com seu cabelo fazia o mesmo com a barra de seu quíton. Laurent o usava até o meio das coxas, como era o costume entre os rapazes. Em Ios, ele trajara apenas roupas veretianas, uma provação, talvez, para sua pele sensível que não escurecia, apenas ficava rosada e, então, queimada. Aquela versão esvoaçante dele era nova e maravilhosa. Não tinha usado roupas akielon desde...

...o Encontro dos Reis e o julgamento que se seguira, dois dias e duas noites com o mesmo traje esfarrapado, os quais usava para dormir, mesmo depois de ter ficado de joelhos ao lado de Damen, até que ficasse enxarcado do sangue de Damen.

– Eu estava observando a estrada.

– Olá – disse Damen.

Atrás de Laurent, um vislumbre da costa, onde a chegada do grande séquito de Damen poderia ser vista, mas não a aproximação dele em si, um cavaleiro solitário, um cisco viajando pela rota mais breve. As bochechas de Laurent estavam um pouco coradas, mas não estava claro se era por causa do calor do verão ou por sua confissão.

Estar ali era absurdo de tão pouco prático. Laurent ainda não havia conquistado sua ascensão e Akielos tinha um governo tão instável, os kyroi e as autoridades do palácio haviam acabado de ser apontados, depois de um expurgo de todos os envolvidos na traição cometida por Kastor. No palácio de Ios, eles tinham vivido momentos fortuitos juntos, como amantes ilícitos, no pôr do sol, no crepúsculo, nos jardins, no quarto, manhãs com Laurent por cima dele, carinhoso. Às vezes, parecia surreal: o maravilhamento do que era novo entre os dois em contraste com a seriedade daqueles dias, a dificuldade daquelas primeiras decisões.

A sensação permanecia a mesma.

– Olá – disse Laurent, e Damen não foi capaz de conter o derramamento de sentimentos causado pelo fato de terem chegado tão perto de que nada daquilo acontecesse. – Faz muito tempo. Esqueci como se faz. Ajude-me a lembrar.

– Estamos aqui. Podemos ir com calma – disse Damen.

– Você? Pode mesmo? – perguntou Laurent.

– Ficou bem em você – elogiou Damen, que passava o dedo, sem conseguir se controlar, na faixa do quíton de Laurent, desde o ponto em que um broche prendia o traje no ombro até chegar à clavícula, passando pelo peito, na diagonal.

– O mecanismo é simples.

Damen pensou em abrir a fivela de ouro no ombro de Laurent. O algodão branco não cairia por completo, ficaria preso na cintura, e Damen só precisaria desfazer mais uma amarração.

Eles não estavam sozinhos, claro. O básico da criadagem tinha sido mandado de antemão, para abrir o palácio antes da chegada dos dois – para escancarar portas, arrumar camas, abastecer os lampiões a óleo, trazer vinho dos porões, colher flores frescas e levar peixes recém-pescados para as cozinhas –, e, como era de se esperar, Laurent possuía seu próprio séquito. Mas ali, na beira dos jardins, era como se o canto dos pássaros e o ciciar das cigarras fossem seus únicos subordinados.

– Sei como funciona – comentou Damen, baixinho, no ouvido de Laurent. – Quero fazer tudo bem devagar. Ah, você se lembra, sim.

– Mostraram-me meus aposentos, que se abrem assim, para o mar. Mandei que preparassem essas roupas para mim e pensei na sua vinda. Pensei em como seria estar aqui, com você.

– Assim – disse Damen. Então beijou o ombro à mostra de Laurent, depois o maxilar.

– Não, eu... Pensar em você e estar com você são duas coisas diferentes, você sempre é mais poderoso, mais...

– Continue. – Damen sentiu uma torrente de puro prazer, rindo com os lábios encostados no pescoço de Laurent.

– Cale minha boca – pediu Laurent. – Não sei do que estou falando.

Damen ergueu a cabeça e beijou Laurent com ternura. Então percebeu que o parceiro ficou corado, quente como o verão.

Conseguia sentir as mãos de Laurent tateando seu corpo, um mapeamento inconsciente, que era novo. Ou melhor: recente, como aquele novo olhar no rosto de Laurent.

As semanas de descanso foram um incômodo: os primeiros dias enevoados, dos quais Damen não conseguia se lembrar direito, seguidos pelo incômodo dos médicos. O incômodo de ficar deitado. O incômodo de mancar. O incômodo de tomar o caldo.

Lembrava-se apenas de impressões dos banhos: Nikandros chegando, sozinho, o rosto pálido. Laurent com sangue de Damen até os cotovelos. Kastor morto. Damen no chão. Laurent empregando um tom de autoridade desprovido de emoção, com o qual continuaria falando ao longo dos primeiros dias. "Vá buscar um catre para carregá-lo e um médico. Agora."

Nikandros: "Não vou deixá-lo sozinho com ele".

"Então ele vai morrer de tanto sangrar."

A perda de sangue, àquela altura, possivelmente era bem grave, porque Damen recordava pouca coisa além de a chegada do catre e de sua própria surpresa, um tanto borrada, ao perceber que estava nos aposentos do pai. Os aposentos do rei, com sua sacada externa e a vista que tinha para o mar entre os pilares. "Meu pai morreu aqui." Isso ele não disse.

Ele se lembrava de Laurent dando ordens naquele tom neutro, desprovido de emoção – bloqueiem os acessos à cidade, preparem-se para a resistência regional, mandem um mensageiro para o norte e passem a notícia para as tropas em Karthas. Com o mesmo tom, Laurent orientava os médicos. Com o mesmo tom, Laurent chamou Nikandros e o nomeou kyros de Ios. Com o mesmo tom,

Laurent ordenou que o corpo de Kastor fosse mantido sob vigilância da guarda, para que fosse velado publicamente. A mente de Laurent absorvia problemas, encarava, quantificava e, então, pouco a pouco, os resolvia: não deixe Damianos morrer, consolide o governo de Damianos, não pareça que está governando no lugar dele.

Quando Damen tornou a acordar, era tarde da noite e haviam mandado embora todas aquelas pessoas que se aglomeraram ali. Então ele virara a cabeça e vira Laurent deitado a seu lado, completamente vestido por cima das cobertas, ainda usando o quíton rasgado e sujo de sangue, dormindo um sono de mais absoluta exaustão.

Agora, Damen enlaçava a cintura de Laurent, gostando do pouco que o separava da pele do outro: apenas um algodão leve que acompanhava os movimentos de suas mãos. Era difícil pensar em algo além da curvatura do ombro de Laurent, da linha comprida de sua coxa, visível.

– Você está parecendo um akielon – comentou Damen, com um tom carinhoso e satisfeito.

– Tire a armadura – disse Laurent.

Falou com o mar vasto às costas. Em seguida deu um passo para trás e se apoiou de leve no mármore do mirante que emoldurava a vista, uma barreira que dava para os penhascos. Mais adiante, galhos de murta-comum faziam sombra acima dos dois, protegendo-os do sol e lançando luzes e sombras sobre o corpo de Laurent.

Uma excitação difusa pela ideia de ter aquela vista como testemunha deles se assomou em Damen, que sentiu uma ligação temporária com a tradição do acasalamento em público da monarquia veretiana, um desejo possessivo de ver e ser visto. Era transgressivo e ultrapassava os limites de sua própria natureza, ainda que os jardins fossem privativos a ponto de que talvez fosse possível.

Ele abriu as fivelas da couraça. Com um gesto lento e propositado, tirou o cinto que prendia a espada.

– O restante pode esperar – falou, em voz baixa.

Laurent pôs uma das mãos na roupa de baixo, que estava quente pela pressão da armadura no peito de Damen. Os beijos pareceram se tornar muito mais íntimos quando a espada e a couraça foram largadas na trilha, e o corpo de um roçou o do outro. A boca de Laurent se abriu para Damen, que movimentou a língua lá dentro, como o primeiro gostava. Como incentivo, Laurent apertou os dedos ao redor de seu pescoço.

Vestido daquela maneira, era como se estivesse nu: havia tanta pele à mostra e nenhuma amarração a ser desfeita. Damen empurrou as costas de Laurent contra o mármore. A pele à mostra da parte interna da coxa dele roçou na de Damen, o movimento levantando de leve o saiote de couro.

Poderia ter acontecido bem ali, erguendo o saiote de Laurent, virando-o de costas e possuindo seu corpo. Em vez disso, com uma lentidão indulgente, Damen pensou em ir com calma, pensou no mamilo rosado que ficava perto da linha assimétrica do quíton de Laurent. Conter-se fazia parte daquilo; os desejos conflitantes de querer tudo ao mesmo tempo e querer saborear cada avanço.

Quando parou de beijá-lo, sentiu a pele quente, o corpo inteiro envolvido, de um jeito muito mais ardente do que notara. Ele conseguiu se afastar um pouco mais, para observar o rosto de Laurent, os lábios entreabertos, as bochechas acaloradas, o cabelo levemente bagunçado pelos dedos de Damen.

– Você chegou antes do previsto – disse, como se só tivesse percebido aquilo agora.

– Sim – disse Damen, dando risada.

– Eu pretendia dar as boas-vindas na escadaria. Protocolo veretiano.

– Apareça lá mais tarde e me beije na frente de todo mundo.

– O séquito ficou muito para trás?

– Não sei – respondeu Damen, sorrindo ainda mais. – Venha. Deixe-me lhe mostrar o palácio.

◆ ◆ ◆

Lentos era um penhasco marítimo onde as montanhas eram selvagens, e o oceano, visível do lado leste, entre promontórios formados por rochedos desmoronados. A água colidia nos penhascos e nas rochas e aquela depressão que terminava no mar era irregular e inóspita.

Mas o palácio era lindo, aninhado em uma série de jardins, com buquês de flores, chafarizes e trilhas sinuosas que proporcionavam vistas impressionantes do mar. Suas colunatas de mármore eram simples e levavam a átrios internos, outros jardins e a áreas mais frescas, que mantinham o calor do verão distante, como o ciciar das cigarras que vinha do lado de fora.

Mais tarde, mostraria os estábulos e a biblioteca para Laurent, e a trilha que costurava os jardins, atravessando as laranjeiras e amendoeiras. Pensou se conseguiria arrastar o outro para dentro do mar, para que se banhassem ou nadassem. Será que ele já havia feito isso antes? Uma escadaria de mármore descia até o mar, e havia um lindo lugar para mergulhar, no qual a água era calma, sem ressaca marítima. Os dois poderiam montar um toldo de seda à maneira veretiana, com sombra fresca para quando o sol ficasse a pino.

Por ora, tratava-se do simples prazer de ter Laurent a seu lado, as mãos entrelaçadas, apenas com os raios de sol e o ar fresco sobre os dois. De quando em quando, eles paravam e tudo tornava-se um deleite: a lentidão dos beijos, o tempo gasto debaixo da laranjeira, os pedaços de casca de árvore grudados no quíton de Laurent depois que o corpo dele fora pressionado contra o tronco. Os jardins estavam repletos de pequenas descobertas, de colunatas à sombra, passando pelas águas frescas do chafariz e indo até uma série de mirantes espalhados pelo jardim, onde o mar se esparramava vasto e azul.

Os dois pararam em um desses mirantes. Laurent arrancou uma flor branca dos galhos mais baixos, ergueu a mão e a colocou nos cabelos de Damen, como se ele fosse um rapaz qualquer do vilarejo.

– Por acaso está me cortejando? – perguntou Damen.

Sentia-se tolo de tão feliz. Sabia que cortejar era algo novo para Laurent, mas não sabia por que aquilo parecia tão novo para ele próprio.

– Nunca fiz isso antes – revelou Laurent.

Damen também colheu uma flor. Seus batimentos se aceleraram, os dedos lhe parecendo desajeitados quando colocou a flor atrás da orelha de Laurent.

– Você teve pretendentes em Arles.

– Foi uma mera distração.

Ali, via-se mais a natureza, ao contrário da capital, onde, em um dia de céu claro, era possível ver Isthima. Ali, só havia o oceano ininterrupto.

– Minha mãe plantou esses jardins – comentou Damen. O coração batia sobressaltado. – Você gosta deles? Pois agora são nossos. – Empregar a palavra "nossos" ainda lhe parecia uma ousadia.

E conseguia perceber esse sentimento espelhado em Laurent, aquele constrangimento tímido do que é desejado com tanto carinho.

– Gosto deles – respondeu Laurent. – Para mim, são lindos.

Os dedos de Laurent se entrelaçaram nos de Damen mais uma vez, uma pequena intimidade que o deixou radiante.

– Não penso nela com muita frequência. Só quando venho aqui.

– Você não puxou a ela.

– Como assim?

– A estátua dela em Ios não chega a um metro de altura.

Damen retorceu o canto dos lábios. Ele conhecia a estátua, que ficava em cima de um plinto, na ala norte.

– Há uma estátua dela aqui. Venha conhecê-la.

Mostrar a estátua para Laurent era mais uma dessas bobagens de que estavam compartilhando, um capricho. Damen o arrastou e os dois chegaram a um jardim aberto e arcado.

– Retiro o que disse, você é igualzinho a ela – corrigiu-se Laurent, olhando para cima. Aquela estátua era maior.

Damen estava sorrindo. Havia um certo deleite em ver Laurent explorar a si mesmo, um rapaz que era terno, provocador, por vezes resoluto de um modo inesperado. Depois que tomou a decisão de permitir a aproximação de Damen, Laurent não voltara atrás. Assim, quando os muros se ergueram, Damen já estava do lado de dentro.

Mas, quando Laurent ficou diante da estátua de sua mãe, o clima mudou, ficou mais sério; parecia que o príncipe e a estátua estavam se comunicando.

Ao contrário do que se fazia em Patras, não era costume pintar estátuas em Akielos. A mãe de Damen, Egeria, encarava o mar com o rosto e os olhos de mármore, apesar de, em vida, ter possuído cabelo escuro e olhos iguais aos do filho e do marido. Damen a via através dos olhos de Laurent, o vestido de mármore fora de moda, o cabelo cacheado, as sobrancelhas altas e clássicas, o braço erguido.

Damen se deu conta de que não sabia qual era a verdadeira altura da mãe. Jamais perguntara isso para alguém, e ninguém jamais lhe contara.

Laurent fez um gesto formal de akielon que combinava com o quíton e os jardins, mas destoava de suas maneiras veretianas habituais. Damen sentiu um arrepio na pele com essa estranheza. Em Akielos, fazia parte do processo de cortejo pedir permissão para um dos pais. Se as coisas fossem diferentes, Damen poderia ter se ajoelhado no grande salão diante do rei Aleron e pedido permissão para cortejar seu filho mais novo.

No entanto, não foi assim que aconteceu entre os dois, pois todos os familiares deles estavam mortos.

– Cuidarei de seu filho – disse Laurent. – Protegerei o reino dele como se fosse meu. Darei minha própria vida pelo povo dele.

Acima dos dois, o sol estava alto e forte, incentivando-os a procurar refúgio na área sombreada. Os galhos das árvores que os rodeavam estavam carregados de aroma.

– Não o decepcionarei. Prometo – anunciou Laurent.

– Laurent – chamou Damen, e o príncipe se virou, dando as costas para a estátua e ficando de frente para ele.

– Há um lugar em Arles... A estátua não é tão parecida assim com ele, mas meu irmão está enterrado lá. Eu costumava ir lá, no verão, conversar com ele... conversar comigo mesmo. Se eu estivesse tendo dificuldades no treino. Ou para contar a ele como estava me esforçando para conquistar o respeito da Guarda do Príncipe. O tipo de coisa que meu irmão gostava de ouvir. Se quiser, o levarei lá quando formos a Arles.

– Eu quero. – E como a perda da família era algo que pairava entre os dois, Damen se obrigou a pronunciar estas palavras: – Você nunca me perguntou nada a respeito disso.

Depois de um bom tempo, Laurent falou:

– Você disse que foi rápido.

Damen havia dito isso. Laurent perguntara: "Como estripar um porco?". Agora, ele falava com um tom diferente, como se, esse tempo todo, tivesse guardado aquele fragmento de informação na manga.

– Foi.

Laurent se afastou, indo para um lugar onde a sombra, que mudava de posição mais uma vez, se abria na direção de uma vista do mar. Depois de alguns instantes, Damen ficou ao lado dele. Conseguia enxergar no rosto dele os desenhos formados pela luz e pelas sombras.

– Ele não permitiu que ninguém mais interviesse. Achou que era justo, entre dois príncipes. Um combate de igual para igual.

– Sim – disse Damen.

– E estava cansado. Estava lutando havia horas. Mas o homem com quem lutou, não. Kastor é que estava na frente da batalha em Marlas. Damianos ficara para trás para proteger o rei. Foi a cavalo, vindo de trás das linhas de combate.

– Sim.

– Ele era um homem honrado e, quando acertou um golpe que tirou sangue, permitiu a Damianos que tivesse tempo de se recuperar. Não permitiu que ninguém mais interviesse. Ele achou...

"... achou que essa era a coisa certa a fazer. Então deu um passo para trás e me permitiu que pegasse minha espada. Eu não sabia o que fazer. Fazia dois anos desde a última vez que alguém tinha conseguido me desarmar. Quando retomamos a luta, ele me empurrou para trás. Não sei por que acertou o golpe tão para a esquerda. Foi o único erro que cometeu. Eu aproveitei o fato de não ter sido uma finta e, como ele não conseguiu voltar para a posição de ataque, o matei. Eu o matei.

– Por quê? – indagou Laurent, baixinho. A pergunta saiu como uma palpitação, um questionamento infantil, que não poderia ser respondido.

A impressão era a de que o sol acima era revelador demais. Damen percebeu que não conseguia tirar os olhos de Laurent.

Pensou no pai e na mãe, em Auguste, em Kastor. Foi Laurent quem falou:

— Na noite em que você me falou deste lugar, foi a primeira vez na vida que eu pensei no futuro. Pensei em vir para cá. Pensei em... ficar com você. Sua sugestão significou algo para mim. O que ocorreu entre nós no trajeto até Ios já era mais do que eu... Durante o julgamento, achei que me bastava. Achei que estava preparado. E aí você apareceu.

— Caso você me quisesse – disse Damen.

— Eu pensei que havia perdido tudo e, então, ganhei você. Quase faria essa troca, se não soubesse que a mesma coisa também tinha acontecido com você.

Aquilo era tão parecido com os próprios pensamentos de Damen – de que tudo o que ele conhecia se fora, mas que isso estava ali, no lugar que deveria, aquela única coisa radiante.

Damen só entendeu como Laurent se sentia quando passou a sentir o mesmo na própria pele. Em certa medida, ele queria conversar sobre o irmão, porque quando eram crianças os dois iam ali juntos – ou melhor, quando Damen era criança, e Kastor, um rapaz. O mais velho o carregara nos ombros, nadara com ele, lutara com ele. Certa vez, Kastor lhe trouxera uma concha do mar.

— Kastor teria matado nós dois – disse Damen.

— Ele era seu irmão – ofereceu Laurent.

Damen sentiu essas palavras tocarem naquele lugar que havia dentro de si. Nunca falara de Kastor, a não ser naquela noite, depois de ter se recuperado a ponto de conseguir sair da cama e comparecer ao funeral. Sentara-se com a cabeça apoiada nas mãos por um bom tempo, a mente um emaranhado de pensamentos conflitantes.

– Enterre-o na cripta da família. Honre-o como sei que quer honrar – dissera Laurent, baixinho.

Laurent soubera, quando o próprio Damen não fazia ideia. Naquele momento, ele teve a mesma sensação de compreensão desorientada, mesmo enquanto imaginava quais outras partes de si mesmo Laurent poderia alcançar e desobstruir, que outras portas fechadas aguardavam. A mãe, o irmão.

– Permita que eu seja seu criado – falou Laurent.

◆ ◆ ◆

Iluminadas e abertas, as banheiras termais de Lentos ficavam em átrios ensolarados, e a água era de diferentes temperaturas, quente em algumas, fria em outras. Todas as banheiras eram retângulos fundos, com degraus esculpidos no mármore que levavam até a água. Umas poucas mais privativas ficavam à sombra de colunatas; outras, a céu aberto ou em partes dos jardins onde havia pérgulas.

Era um belo local durante o verão, diferente da descida, que mais parecia um labirinto, até os banhos dos escravizados, feitos de mármore Ios, ou dos banhos da realeza de Vere, com seus azulejos e vapor excessivo. A criadagem já havia aberto e preparado os banhos caso, por um capricho real, Damen desejasse fazer uso deles. Havia jarros elegantes, panos macios e toalhas, sabões e óleos, e as banheiras de mármore estavam preenchidas com uma água refinada de tão límpida.

Ele ficou feliz por aqueles banhos não serem subterrâneos.

Então lembrou-se da única ocasião em que tinha sido convocado para bancar o criado de Laurent nos banhos, em Vere. A voz fria de Laurent, que o seduzia enquanto suas mãos deslizavam pela pele dele. Laurent o odiara naquela ocasião. O príncipe habitava uma realidade particular na qual permitia que o assassino do irmão colocasse as mãos em seu corpo nu.

Saber disso não fez nada para apaziguar as lembranças que o próprio Damen tinha da ocasião, do palácio sufocante e decadente, da libertinagem e do próprio ódio obsessivo que sentia pelo príncipe, seu captor. Damen se lembrou dos banhos e do que acontecera em seguida, e compreendeu que havia mais uma porta fechada que não queria abrir.

– Você foi meu criado – disse Laurent. – Permita-me ser o seu.

Em Akielos, assim como em Vere, era costume ser lavado pelos criados do local antes de entrar no banho de imersão. Ele pensou: certamente não fariam aquilo juntos, fariam? Caso fizessem, seria da maneira tradicional: como rei e príncipe, seriam despidos, lavados por dedicados criados dos banhos e depois desceriam até a imersão e conversariam. Isso era bastante comum entre os nobres de Akielos, onde a nudez não era um tabu e banhar-se podia ser um passatempo social.

Não havia nenhum criado à espera deles. Estavam a sós.

Laurent ficou parado de sandálias, trajando o algodão simples e com a flor de pétalas brancas no cabelo. Se seus trejeitos fossem ignorados, ele aparentava ser um escravo à moda antiga, o rosto bonito demais para não ser escolhido por alguém a dedo, o quíton branco dava a impressão de ter sido selecionado para ele por um seguidor dos costumes clássicos, que favorecia a encarnação da simplicidade e da beleza natural em sua criadagem.

Se as maneiras de Laurent não fossem ignoradas, ele aparentava ser o que de fato era: um aristocrata veretiano que transmitia majestade em cada gesto, como no inclinar do queixo e no passar dos olhos. Ele poderia muito bem estender a mão, para que o anel de sinete fosse beijado, ou bater na bota com um chicote de equitação. Os olhos azuis não deixavam transparecer muita coisa; os lábios volumosos, que Damen havia acabada de beijar, eram mais comuns comprimidos em uma linha fina ou, então, retorcidos em uma expressão cruel. Ele adentrara nas banheiras termais como se lhe pertencessem. E pertenciam mesmo.

– O que os escravizados dos banhos costumam fazer quando lhe atendem? – perguntou Laurent.

– Eles se despem – respondeu Damen.

Laurent, então, levou a mão ao ombro e tirou o broche. O algodão branco se soltou, parando na altura da cintura. Em seguida, ele se virou um pouco para o lado e desfez a única amarração que havia ali.

Foi um choque vê-lo parado ali, nu, com o quíton solto a seus pés. Ainda calçava as sandálias até os joelhos. E não tinha tirado a flor dos cabelos.

– E depois?

– Depois testam a temperatura da água.

Laurent pegou um jarro e deixou que o fluxo de água o enchesse, depois o ergueu e derramou a água sobre si mesmo, deliberadamente, para que escorresse por seu corpo e molhasse seus pés, que continuavam de sandálias.

– Laurent... – disse Damen.

– E depois? – perguntou Laurent.

Ele estava molhado do peito até os dedos dos pés, mas o leve vapor das piscinas mais próximas lhe conferia um brilho que parecia umedecer seus cílios e as pétalas da flor presa atrás da orelha. O calor das banheiras embebia o ar.

– Eles me despem.

Laurent se aproximou.

– Assim?

Os dois estavam debaixo de uma das colunatas, em uma sombra leve, perto do trecho aberto e ensolarado onde degraus levavam até a maior das banheiras a céu aberto.

Damen assentiu com a cabeça uma única vez. Laurent estava bem perto. Os dedos dele sobre os ombros de Damen estavam desabotoando o leão dourado, soltando seu fecho e removendo o broche do tecido. Laurent estava nu, com exceção das sandálias. Damen estava completamente vestido. Na maioria das vezes, tinha sido o contrário.

Ele recordou – o vapor daqueles outros banhos, o instante em que segurara o pulso de Laurent em sua mão. Assim, tão perto, conseguia ver o alto dos ombros molhados do príncipe. E, acima deles, a ponta de seus cabelos, que também estavam molhadas, por causa do vapor ou da água do jarro que ele havia derramado sobre si.

Damen se sentiu aliviado, livre de um peso, quando Laurent soltou o tecido encorpado que ficava por baixo da armadura.

— Eles desvaneceram. — Damen ouviu a própria voz dizer.
— É mesmo?
— Seu irmão e meu irmão.
— E eu — acrescentou Laurent.

Ele olhou nos olhos de Damen. Aqueles não eram os banhos quentes e fechados de Ios, com vapor em demasia, também não eram os banhos exíguos de Vere, com mosaicos em excesso, mas o ar estava denso.

Então recordou e percebeu que Laurent fazia o mesmo, o passado espesso entre os dois.

— Eu me ajoelhei diante de você — disse Damen.

"Beije." As palavras recordadas de quando Laurent obrigara Damen a beijar seus joelhos e espichou a perna, oferecendo a ponta da bota. "Agora ajoelhe. Beije minhas botas." Damen pensou que Laurent jamais faria isso. Laurent era orgulhoso demais.

Com dolo, Laurent se ajoelhou.

Todo o ar se extinguiu do peito de Damen. A luta interna de Laurent era simples. O subir e descer de seu peito era raso. Os lábios estavam entreabertos, mas ele não disse nada. O corpo estava tenso. Não gostava de ficar ajoelhado.

Ele já havia se ajoelhado para Damen outra vez, no chão de madeira da estalagem em Mellos; afinal, acreditara que aquela seria a última noite que passariam juntos. Em parte, tinha sido uma oferenda; em parte, um desejo de Laurent de provar algo para si mesmo.

A outra única vez que Damen vira Laurent se ajoelhar fora para o regente.

Palavras teriam sido mais fáceis. Aquilo abriu um canal para o passado entre os dois, um canal que deixava Damen em igual vulnerabilidade. Ele não havia encarado essa parte da história deles. Mal reconhecera o que Laurent havia feito com ele, mesmo enquanto estava acontecendo.

Damen espichou o pé.

O coração batia forte. Laurent soltou as tiras da sandália de Damen e a tirou do pé – primeiro uma, depois a outra. Ao lado dele, estavam o jarro, óleos e uma esponja que mergulhadores devem ter arrancado do mar.

Sem pressa, começou a lavar os pés de Damen. Tratava-se da atividade de um escravo corporal, algo que um príncipe jamais faria por outro.

Damen conseguia ver o leve rubor que o calor e o vapor causavam nas bochechas de Laurent. Conseguia ver o arco de seus cílios. Conseguia ver cada uma das delicadas pétalas da flor branca em seu cabelo.

A água estava quente. Escorria da esponja durante o processo: Laurent a molhava e depois passava pelas pernas de Damen, deixando-as limpas e úmidas. O calcanhar, a sola dos pés e o tornozelo foram ensaboados. Em seguida, tornou a subir, passando a esponja na panturrilha e em sua canela. Laurent levantou, ficando apoiado em apenas um dos joelhos, para ensaboar atrás dos joelhos de Damen e, depois, os músculos compridos de sua coxa esquerda. O príncipe esfregou cada superfície até fazer espuma e, então, enxaguou tudo.

Mais um virar do jarro: a água se derramou no mármore e nas

coxas de Laurent, de joelhos, com as pernas levemente afastadas. Não havia terminado. Laurent se erguia.

Primeiro, lavou as mãos de Damen usando apenas os dedos, não a esponja, e massageou as juntas com o dedão e os demais dedos, fazendo espuma entre os de Damen. Os braços do rei foram erguidos e ensaboados; a curva do bíceps, a dobra do cotovelo.

Laurent não encarou Damen nos olhos enquanto ensaboava o topo de suas coxas, depois entre as pernas, onde o pau balançava, meia-bomba. E então sentiu sua grossura e seu peso quando Laurent o afastou com a esponja. Depois disso, ergueu o jarro e derramou água sobre todo o corpo de Damen.

Um fluxo de calor. Ele sabia o que estava por vir. Parecia que seu corpo inteiro estava se transformando, antes mesmo de Laurent passar para suas costas.

Silêncio. Damen tinha consciência até demais da própria respiração. Laurent estava atrás dele. Não conseguia vê-lo, mas sabia que estava ali. Sentia-se exposto, vulnerável, como se estivesse vendado: sendo visto enquanto não via nada. Foi um esforço não virar a cabeça. Nenhum dos dois disse nada.

Ficou imaginando o que Laurent estava vendo. Ficou imaginando do que o outro estava lembrando, se havia acontecido na cabeça de Laurent do mesmo modo como acontecera na dele. A água atingiu o mármore quando o príncipe torceu a esponja. Algo que ele vivenciou de forma física, um som alto, um estalo.

Quando a esponja o tocou, passando pelas cicatrizes, Damen estremeceu, porque estava tão quente e era tão macia. Ele sentiu o calor da água e o toque delicado da esponja, mais delicado do que havia imaginado, tanto que foi acometido por um segundo estremecimento, um tremor.

Nada poderia lavar o passado, mas aquilo os levara até ali, tocando em uma verdade dolorosa, reconhecendo-a.

Foi mais delicado entre os ombros do que fora contra o peito. Pele e alma estavam ligados. A limpeza foi um derramar de água lento, atencioso e gotejante, depois veio o ensaboar da pele. Aquilo cicatrizava algo que ele não sabia que precisava ser cicatrizado. Como respirar, era algo necessário, mesmo que toda a ternura fosse excessiva, uma delicadeza em um momento em que jamais esperaria que Laurent fosse delicado.

Preparara-se para a chibatada por tanto tempo. Onde fora fustigado, agora estava em carne viva.

— Laurent, eu...

— Abaixe a cabeça.

Ele fechou os olhos. A água correu por seu corpo. O cabelo e o rosto estavam molhados. Em geral, isso era feito com a pessoa sentada, no banco comprido perto da bica, com o escravo de pé atrás da pessoa que estava sendo banhada. No entanto, não disse nada conforme Laurent esticava o braço para ensaboar seus cabelos, em pé diante dele. Dedos compridos friccionaram a espuma das têmporas até a nuca, e esse massagear de seu couro cabeludo trazia uma sensação reconfortante.

Laurent costumava ser como a ponta de uma espada, mas às vezes era assim. Voltou a encher o jarro e o enxaguou, a água morna engolindo Damen, que olhou para Laurent por baixo dos cílios molhados e teve certeza de que tudo transparecia em seu olhar.

E no de Laurent também. Pois este, que parecia diferente de tudo o que fora, tinha o corpo e as mechas loiras do cabelo molhados, por conta da água que tinha derramado. Agora ele sabia por que Laurent não tentara empregar palavras para apaziguar o passado. Teria sido mais fácil do que aquilo.

– O que vem agora? – indagou Laurent.

– Isander foi seu criado nos banhos de Marlas, não? Você sabe o que vem agora. – Não era isso o que Laurent estava perguntando.

– Eu me embrenhava na banheira. Ele se ajoelhava no mármore.

– Eu quero fazer amor com você.

– Você pode entrar na água – disse Laurent –, enquanto eu me lavo.

A água do banho de imersão estava quente, feita para desfazer os nós dos músculos e relaxar. Estava quente de um jeito inesperado, considerando que fazia calor e que aquela banheira ficava a céu aberto, refletindo a luz do sol na superfície da água. Damen desceu os seis degraus e foi andando, com água na altura da cintura, até o outro lado, onde se virou e se sentou na borda submersa, com os ombros fora d'água, encostado na beirada da banheira termal.

Ele queria consumar aquela proximidade, unir o corpo dos dois enquanto ambos estavam completamente abertos. Mas a água também trazia uma sensação boa. E Laurent lhe dava uma aula sobre o prazer da demora, da suspensão e do recomeço. Damen o observou.

Instantes depois, Laurent pegou o jarro e utilizou o que restava da água para se lavar. Não se lavou de forma recatada, como faria um escravo; nem de forma sedutora, como faria um escravizado de estimação. Ele apenas se ensaboou, e cada movimento tinha uma função.

Então se enxaguou, a água escorrendo pelo corpo por breves instantes. O modo como parecia tão pouco um escravo e tanto consigo mesmo, fazendo aquele conjunto de movimentos comuns, era em si uma forma de deleite, um acesso fácil ao íntimo de Laurent.

E então Laurent se aproximou. A flor ainda nos cabelos. As sandálias ainda nos pés. E Damen teve uma breve visão de que Laurent iria mergulhar no banho de imersão calçado, mas então o outro parou junto à borda, à sombra.

Não entrou. Em vez disso, abaixou-se na lateral da banheira, com a postura relaxada e elegante que, nos últimos meses, Damen havia descoberto ser habitual: um joelho dobrado, próximo ao corpo, o peso apoiado em uma das mãos. Com a outra mão, o príncipe roçou a ponta dos dedos na água.

— Está quente — disse.

Não esclareceu se estava falando da água, do sol ou do mármore. Ele ainda estava levemente corado por conta do vapor. Se entrasse na banheira, ficaria cozido. Tirando isso, dava a impressão de estar refrescado: as longas pernas brancas, a postura elegante reclinada, o tronco masculino com seus mamilos rosados, o pau parcialmente visível naquela pose.

Damen teve vontade de se afastar da beirada da banheira. Se aquela banheira ficasse no meio da floresta, pensou, daria três braçadas fortes, sairia da água e ficaria ao lado de Laurent. Então passaria uma mão possessiva no corpo dele, nas coxas, no flanco e no peito. Imaginou-se saindo da banheira, pingando, e possuindo Laurent ali mesmo, em cima do mármore.

— Achei que a ideia era ficar ajoelhado.

— Isso me parece agradável.

A voz de Laurent se arrastou, de um jeito indolente. Ele não fez absolutamente nenhum esforço para ficar de pé. As palavras estavam contradizendo a absoluta arrogância da pose aristocrática, esparramada por todo o mármore.

Damen imaginou se era assim que os escravizados de estimação se comportavam ou se era apenas como Laurent se comportava, os dedos roçando na água. Ele fechou os olhos e mergulhou um pouco mais fundo.

E porque estavam onde estavam, e por causa do que tinha acabado de transcorrer entre os dois, quando deu por si estava falando:

— Eles me levaram para os banhos depois que fui capturado. Foi o primeiro lugar para onde me levaram.

— Os banhos dos escravizados – disse Laurent.

— Kastor enviou diversos homens, tantos que eu não conseguiria derrotá-los. Amarraram meus braços e minhas pernas e me colocaram em uma das celas no subterrâneo do palácio... Não me venha com ideias.

— Eu nem sequer sonharia.

— Achei que se tratasse de um engano. De início. Por um bom tempo torci para que fosse algum tipo de engano. As noites em que me mantiveram do lado de fora do palácio foram as mais difíceis. Eu sabia o que estava acontecendo e não era capaz de proteger meu povo.

— Você sempre acreditou que conseguiria voltar para o seu povo.

— Você não?

Ele recordou as longas noites que passaram juntos, na mesma tenda, ouvindo os ruídos de um acampamento veretiano vindos de fora. Laurent nunca passara a impressão de duvidar de si mesmo, assim como jamais reclamara das circunstâncias.

– Se acreditei que você conseguiria voltar para Akielos? Sim. Eu acreditava. Você era uma força da natureza. Era irritante lutar contra você. Era assustador tê-lo ao meu lado.

– Assustador?

– Você não fazia ideia do medo que eu tinha de você?

– De mim? Ou de si mesmo?

– Do que estava acontecendo entre nós dois.

Quando Damen abriu os olhos, o sol estava mais forte do que esperava, brilhando na superfície da água. Laurent ainda estava sentado nos limites da sombra.

– Às vezes, ainda tenho medo. – O tom de Laurent era sincero. – Faz com que eu sinta...

– Eu sei – disse Damen. – Também sinto.

– Saia – pediu Laurent.

Quando Damen saiu, ele estava mais quente que o vapor, superaquecido como alguém que foi fervido, a pele marrom estava avermelhada pela água. Laurent encheu o jarro em uma bica secundária, aproximou-se e mudou a posição das mãos. Por instinto, Damen ergueu os braços.

– Não, Laurent, está fria, é... – Então ele suspirou.

Houve o choque da água gélida. Fria como gelo em contato com a pele superaquecida, como mergulhar em um rio, uma revitalização demasiado súbita. O instinto propeliu Damen a agarrar

Laurent, por vingança, e arrastá-lo para a frente, o corpo dos dois colidindo.

Um corpo frio se grudando em um quente. Para sua surpresa, Laurent começou a rir, a pele quente como raios de sol. A luta fez os dois caírem no mármore escorregadio.

Foi impensado ficar por cima, imobilizando Laurent com uma tática de lutador. Damen prosseguiu, adotando três posturas simples, em seu deleite com aquele esporte, antes de se dar conta de que Laurent estava reagindo com contra-ataques a suas imobilizações de lutador.

– O que foi isso? – Satisfeito.

– Como me saí? – perguntou Laurent, movendo-se.

– Lutar é como jogar xadrez – respondeu Damen.

Laurent fez um movimento, ele se defendeu. Laurent fez um movimento, ele se defendeu. Embaixo dele, Damen sentia que Laurent tentava todas as variações que conhecia, uma sequência de principiante, mas bem executada. A porção de Damen que preferia luta a todos os esportes notou, apreciativa, os movimentos de Laurent. Mas ele era novato: Damen não teve dificuldade para voltar a dominá-lo; tinha experiência suficiente para segurá-lo com força e destreza, mesmo depois de ter imobilizado Laurent por completo.

E aí pensou.

– Quem está lhe ensinando?

– Nikandros – disse Laurent.

– *Nikandros* – repetiu Damen.

– Empregamos uma variação veretiana. Eu não tiro as roupas.

"Então jamais vai aprender de forma efetiva." Em vez disso, quando deu por si, estava franzindo o cenho e dizendo:

— Eu sou melhor do que Nikandros.

Ele não soube ao certo por que isso fez Laurent tornar a rir, mas foi o que fez, baixinho e ofegante, dizendo:

— Eu sei. Você me derrotou. Deixe-me levantar.

Damen ficou de pé, estendeu a mão e o ajudou. Laurent pegou uma das toalhas macias e enrolou-a na cabeça de Damen. Engolido, o rei permitiu que Laurent lhe secasse o cabelo, depois que secasse o restante de seu corpo, o toque da toalha em contato com sua pele tão inesperadamente macio quanto qualquer carícia que Laurent já lhe fizera. Não era algo sensual, mas carinhoso, reconfortante e tão inesperado que Damen se sentiu estranho, afortunado, parte dos aromas do verão, da luz do sol e do maravilhamento daquele lugar.

— Na verdade, você é muito meigo, não é? — disse Damen, segurando os dedos de Laurent em meio à toalha.

Então ele jogou a toalha na cabeça de Laurent antes que este pudesse responder e gostou de observá-lo ressurgir debaixo do pano, com o cabelo desarrumado.

Laurent deu um passo para trás. Para se secar, empregou os mesmos movimentos despreocupados com os quais se lavara: passou a toalha no tronco, debaixo dos braços, entre as pernas. Antes de fazer tudo isso, tirou a flor dos cabelos e se abaixou para desamarrar as sandálias. "Fique com elas", Damen teve vontade de dizer. Gostava da maneira provocativa como o calçado chamava a atenção para a nudez de Laurent.

Laurent começou a procurar um pano com o qual se enrolar, mas Damen o segurou pela mão.

– Não precisamos disso. Venha.

– Mas e...

– Estamos em Akielos. Não precisamos disso. Venha comigo.

Andar nu pelas trilhas da parte externa do palácio era algo tão transgressivo para Laurent quanto havia sido para Damen contemplar a intimidade naqueles jardins. Os dois se dirigiram à luz do sol, a céu aberto, e Laurent soltou uma risada ofegante, como se não conseguisse acreditar no que estava fazendo.

De mãos dadas, Damen o arrastou até a entrada leste. Em uma encantadora demonstração de recato veretiano, Laurent passou a impressão de achar mais chocante andar nu dentro do palácio do que do lado de fora. Por alguns instantes, o príncipe ficou parado à soleira da porta e depois foi atrás de Damen pelos corredores, perplexo.

Ali, eles não estavam sozinhos: os criados que se ausentaram dos banhos estavam à disposição, aguardando qualquer sinal de que sua presença era necessária; os guardas estavam na posição de sentido cerimonial e a pouca criadagem que preparara o palácio para a chegada deles estava a postos.

Damen teria passado por eles sem notar sua presença, no entanto era capaz de sentir que Laurent tinha plena consciência, até demais, de cada pessoa por quem passavam. E, na verdade, Damen tinha muitíssima consciência da nudez de Laurent, de toda aquela pele que não costumava ficar à mostra, ainda levemente rosada por causa do vapor.

Quando os dois entraram nos aposentos reais, a vista era de um branco vaporoso, de mármore e céu, o interior amplo e gracioso que se abria para uma sacada. Laurent foi direto lá para fora, onde debruçou o corpo nu sobre a balaustrada de mármore e fechou os olhos, o rosto completamente banhado de sol. Soltou um suspiro que era parte riso pelo que acabara de fazer, parte descrença.

Damen saiu e se acomodou, indolente, ao lado de Laurent, também deleitando-se com a luz do sol e com a maresia, que tremeluzia em uma vastidão de azul. Os olhos de Laurent se abriram.

– Gosto daqui. Gosto muito daqui – comentou.

Damen sentiu falta de ar e acariciou o braço de Laurent, que se entregou à carícia. Então os dois se beijaram como o rei havia imaginado, com o braço do príncipe em volta de seu pescoço. A intimidade simples dos banhos se transformou em outra coisa quando sentiu o corpo nu de Laurent contra o seu, pele contra pele.

O beijo se tornou mais intenso, a mão de Laurent no cabelo molhado de Damen. Com uma ereção pela metade desde os banhos, não demorou muito para ficar completamente duro, mas o que fez o sangue latejar foi sentir Laurent ficando ereto em resposta, tocando sua pele, enquanto Damen acariciava o corpo de Laurent, sem pressa, com as mãos.

Seu próprio pau, duro e pesado, roçava de um jeito delicioso entre os dois, e essa sensação era tão boa quanto a da luz do sol em sua pele. Ele queria continuar, fazendo movimentos de vaivém com o corpo, bem devagar, para ter prazer e também para dar prazer a Laurent, que gostava que o ato fosse lento e indolente assim.

Um empurrão, uns poucos passos deliberados, e eles voltaram

para a sombra. Damen sentiu o roçar das cortinas vaporosas, a pedra fria da parede contra as costas. Então desceu as mãos, passando pela lombar de Laurent, apalpando as curvas desse trecho. A mobília do quarto se tornou uma série de estações a caminho do destino dos dois, uma jornada que não era urgente nem apressada. Houve um período de separação, quando Laurent serviu-se de um copo d'água, enquanto, encostado na parede oposta, Damen observava seus ombros. Houve também um longo intervalo no qual o rei apoiou a palma da mão na pedra e beijou o pescoço sensível do príncipe. Depois disso, ele virou Laurent, deixando-o com a barriga encostada na parede, e beijou seu pescoço mais uma vez, agora por trás.

De modo intencional, ele não se dirigiu ao clímax, apenas se permitiu explorar, dando os mais delicados dos beijos no pescoço de Laurent e passando a mão em seu peito, devagar, sobre os mamilos, que eram sensíveis e que, mais tarde, chuparia. Gostava de sentir as costas de Laurent contra si, o modo como sua cabeça pendia. Laurent se entregava à mais leve das carícias, como se estivesse faminto. Devagar, Damen acariciou seu flanco, então o fez ainda mais devagar. E em seguida repetiu o movimento.

– Damen, eu...

– Sério? – disse Damen, um tanto satisfeito.

Envolto nas reações que provocava na pele de Laurent, o rei não percebera a pulsação acelerada, os sinais sutis de um corpo que se aproxima do clímax. Com outro amante, seria o momento de acelerar para chegar ao orgasmo. Por isso, Damen foi ainda mais lento.

Laurent soltou um ruído baixo, e Damen passou a mão na parte interna de sua coxa, parando bem na costura, onde acariciou a junção da perna com o tronco conforme beijava o pescoço de Laurent mais uma vez, bem devagar. O príncipe gemeu, a testa encostada na pedra.

O desejo de explorar o corpo de Laurent e de se deleitar com aquele prazer estava se transformando em um desejo de montar nele, de estar dentro dele e comê-lo daquele jeito, devagar, a respiração penetrando a boca do outro enquanto se beijavam. Agora Laurent se movimentava de modo ritmado, encostado no corpo de Damen. O pau do rei não parava de escorregar por cima do lugar onde queria que estivesse.

Damen virou Laurent de costas para a parede e o beijou. O beijo mais parecia uma consumação, profundo e bruto. Laurent novamente soltou o mais leve dos ruídos, bem dentro da boca de Damen.

Dessa vez, quando pararam de se beijar, foi para se olharem com a respiração ofegante. Para Damen, a sensação era a de já estar dentro de Laurent.

– Quero você – verbalizou Damen.

E observou a pele de Laurent ficar corada.

– Então na sacada, sim, mas nos jardins, não – apontou Laurent.

Ele estava encostado na parede. Damen tinha dado um passo para trás.

– Não estamos exatamente na sacada.

– Não consigo acompanhar o raciocínio. Você nos obrigou a vir para cá pelados.

– Estamos em Akielos. Podemos fazer as coisas do seu jeito em Vere. – Então pensou a respeito disso. – Lá faz frio.

– E em nosso novo palácio, na fronteira? – indagou Laurent.

Damen sentiu um calor se acumular em sua barriga.

– Nosso novo palácio. – Disse baixinho, no ouvido de Laurent.

Havia voltado para junto do espaço físico do príncipe, que era irresistível.

– Só estou...

– Falando – completou Damen.

– Sim.

– Quero ir bem devagar, do jeito que você gosta – disse Damen, e Laurent fechou os olhos.

– Sim.

A quantidade de vezes que haviam feito amor ainda era finita a ponto de Damen conseguir recordar cada uma delas: em Ravenel, o não verbalizado repleto de segredos dolorosos; em Karthas, perdendo-se um no outro; uma ternura dolorida à luz do fogo na estalagem de beira de estrada em Mellos; o desespero da primeira vez que fizeram amor depois da recuperação de Damen.

Nenhuma delas fora assim, meio esparramado na cama, olhando de baixo para Laurent. As mãos do príncipe acariciando seu peito até o pescoço e depois descendo pelas curvas de seu tronco, de seu abdômen. Na luz rajada do sol, beijavam-se. Adorava como Laurent beijava, como se Damen fosse a única pessoa que ele já havia beijado na vida, ou a única que ele tivesse vontade de beijar.

A abertura dos banhos permaneceu. Laurent, cujo emaranhado de pensamentos em demasia em geral só desaparecia no momento do clímax, havia baixado a guarda naquela calmaria. Damen conseguia ouvi-lo soltando o ar baixinho; uma ou duas vezes, e um ruído que ele não deu indícios de ter consciência lhe escapou dos lábios. O tempo desfez o nó de qualquer laço de tensão remanescente, deixando que relaxasse, deixando que Laurent se aprofundasse cada vez mais no próprio prazer.

Os dois corpos emaranhados, as carícias se fundindo e se borrando. Damen se entregou à sensação de ter Laurent em seus braços e demorou séculos para colocar a mão entre as pernas do príncipe e senti-las se afastarem.

Quando enfim o penetrou, teve a sensação de que o tempo tinha parado naquele espaço pequeno e íntimo que havia entre os dois, depois de uma doce eternidade de beijos intensos, depois de abrir Laurent com os dedos lubrificados de óleo. Ele não se mexeu, ficou onde estava, em um silêncio ofegante. Tudo lhe parecia conectado, aberto. Os movimentos que faziam eram mais cutucadas do que estocadas, o corpo de ambos se movimentando ao mesmo tempo sem a longa e escorregadia separação da ejaculação.

Damen conseguia sentir Laurent se aproximando cada vez mais do clímax. Não, como acontecia às vezes, como se estivesse ultrapassando as restrições das próprias barreiras, mas sim de um jeito ardente e inevitável. As estocadas agora eram mais longas, o corpo de Damen se movimentando para atingir o próprio prazer.

Quando Laurent derreteu-se debaixo dele, Damen ouviu um som estrangulado e se perdeu nessa sensação, o prazer líquido e quente da foda; a proximidade, tão perto quanto a batida do coração. Seu próprio corpo entrou em espasmo e se dilatou, o intervalo de uma inundação de prazer, e quase teve a impressão de que não havia acabado, mas se transformado na sensação doce e lânguida de ter os braços e as pernas enroscados nos de Laurent, o prazer ainda entre eles, os espasmos ficando mais espaçados.

Pela primeira vez, Laurent não se levantou logo de cara para se limpar, mas ficou ali, o corpo dos dois colapsados um em cima do outro, os ruídos do verão e do mar vindo lá de fora.

Damen esticou a mão e tirou um cacho de cabelo da frente do rosto de Laurent.

– Amanhã, vamos andar a cavalo – disse, pensando no presente que já havia mandado guardarem nos estábulos, uma égua de cinco anos, orgulhosa, com pescoço curvado e uma cachoeira em forma de crina.

Damen tiraria o animal da baia e o daria para Laurent, então os dois cavalgariam pelos campos de flores silvestres, em meio ao ar adocicado do verão. Quando chegassem a uma clareira, ele aproximaria os dois cavalos, inclinaria o corpo e o beijaria.

Antes que desse tempo de Laurent responder, os dois ouviram uma batida inconfundível à porta.

O ruído fez Damen soltar um gemido, porque sabia o que Laurent iria fazer.

– Que foi? – gritou Laurent, levantando-se, apoiado no cotovelo.

O soldado veretiano que entrou não era conhecido de Damen, e sua ausência de reação ao ver Laurent ainda com as marcas de alguém que fez amor foi impressionante.

– Alteza, o senhor me pediu para que lhe avisasse quando o séquito do rei chegasse ao palácio. Estou aqui para lhe informar que o rei de Akielos chegou.

– Obrigado, posso lhe afirmar que tenho uma vaga consciência disso.

Damen começou a dar risada. Em seguia ergueu a cabeça e falou:

– Traga refrescos, alguma bebida gelada. E, se o séquito realmente tiver chegado, diga aos escudeiros que a armadura do rei está no jardim leste.

– Sim, Exaltado.

O soldado de Vere empregou o termo akielon "exaltado", uma decisão tomada semanas antes. De pequenas maneiras, as duas culturas iam se misturando.

– Nós podemos sair para cavalgar amanhã se eu conseguir me mexer. – Disse essas palavras, indolentes, muitos minutos depois.

– Certo – respondeu Damen, sorrindo ao pensar nos escudeiros revirando o jardim leste à procura da armadura. E depois em outras coisas. Seu sorriso se alargou.

– Que foi? – quis saber Laurent.

– Você estava observando a estrada – respondeu Damen.

AS AVENTURAS DE CHARLS, O MERCADOR DE TECIDOS VERETIANO

CHARLS ESTAVA ENTRANDO no pátio da estalagem, um espaço amplo onde não havia muito esterco de cavalo para incomodar quem estivesse calçando sandálias akielons, quando viu as carroças alaranjadas.

Tinha acabado de fazer uma excelente refeição composta de queijo, carnes curadas, azeitonas e pães ázimos. Eram meados da primavera e um vinicultor havia lhe dito, naquela mesma manhã, que o tempo continuaria seco e que, até a chegada do verão, ficaria mais quente a cada dia que passasse. Um começo auspicioso para a viagem de negócios que iniciara em direção ao norte, até a província de Aegina, em Akielos.

Um ano antes, estaria munido de linhos finos ou algodão branco, mas a corte unificada do rei de Akielos e do príncipe de Vere estava criando um mercado de novos estilos bastante promissor. Em Vere, a adoção de capas curtas, presas no ombro com broches, *à la Achelos*, ocasionou um aumento na demanda por sedas e veludos pesados. E, apesar de em Akielos ainda não haver muito desejo por mangas, havia surgido um novo interesse por bainhas estampadas, por mantos coloridos e pelas técnicas de tintura veretianas.

Bem equipado para conseguir atender a essas novas modas ousadas, Charls anteviu uma viagem muito rentável, na qual faria negócios com o kyros de Aegina e chegaria a Marlas em tempo de assistir à ascensão.

Em vez disso, viu o assistente, Guilliame, torcendo as mãos, como sempre fazia quando não conseguia solucionar algum problema. E, bem no meio do pátio, havia cinco carroças de um tom de laranja intenso, estridentes à luz do sol, as quais abarrotavam o pátio e deixavam todos os demais do lado de fora.

Eram conduções grandes e chamativas: um comboio rico levando um pelotão de soldados. De onde estava, Charls conseguia vê-los, uma boa meia dúzia. O estômago de Charls se revirou com a perspectiva de ter um rival cor de laranja intenso percorrendo a mesma rota de comércio que ele. Conseguia enxergar o mercador, sentado no assento de mola da carroça mais próxima, vestindo o mais recente brocado de Vere, com textura canelada, e usando um chapéu de aba larga com uma pena que ficava balançando por cima do cabelo bem-arrumado.

– O que você achou? Eu mesmo barganhei por elas – disse o mercador, quando Charls arregalou os olhos.

– Alteza! – Muito perplexo, Charls começou a fazer uma mesura.

O mercador, que não era mercador, desceu da carroça e interrompeu a mesura de Charls com um gesto, pedindo discrição.

– Elas têm o mais nobre dos tons alaranjados – elogiou Charls.

– São suas. Transferi suas mercadorias, bem como seus pertences. Considere como agradecimento por tudo o que fez por mim em Mellos.

– Alteza! – Charls olhou para as carroças alaranjadas. Duas vezes ao longo da vida, recebera a grande honra de encontrar-se com seu príncipe. E pensar que o príncipe se lembrava de sua humilde contribuição. – É uma generosidade excessiva. E ainda vir pessoalmente! Não havia necessidade. Entre nós não há dívida alguma. Eu lhe serviria com o maior prazer. Sou seu súdito.

– Você me ajudou no caminho até Mellos – disse o príncipe. – Pensei que poderia lhe ajudar em seu caminho até Aegina. Temos essas carroças e soldados para sua proteção. O que me diz?

– Ajudar-me! – disse Charls.

Levou um instante para assimilar essa perspectiva surpreendente. Mais uma vez ser confiado à companhia do príncipe – não lhe parecia muito possível. E, apesar disso, ali estava ele: a mesma nobreza de espírito; os mesmos trejeitos refinados, que não poderiam ser confundidos com os de mais ninguém.

Com a cabeça girando, Charls tentou se concentrar em assuntos práticos: falou para Guilliame não se preocupar. Explicou a volta de seu primo. Explicou a troca das carroças. Conferiu os estoques e ficou feliz ao encontrá-los meticulosamente em ordem. Encontrou-se com os seis soldados, mas não avistou nenhum dos dois homens dos quais tinha uma vaga lembrança de ter conhecido na Guarda do Príncipe, Jazar e Dord.

Mas eis que, felizmente, viu um rosto conhecido quando um homem saiu da última carroça, esticando-se ao emergir de um espaço feito para um homem muito menor.

– Lamen! – disse Charls.

Na primeira vez que Charls vira Lamen, ele fingira, sem muito êxito, ser um mercador natural de Patras. Charls percebera logo de cara as lacunas no conhecimento do outro a respeito das sedas. Agora, lembrava-se com ternura do porquê, que era óbvio: Lamen não era um mercador. Era um reles assistente de mercador.

– Vejo que você, mais uma vez, está assistindo... – Charls inclinou o corpo e completou em tom de confidência: – o *primo Charls* em suas viagens.

– O primo Charls deseja manter a verdadeira identidade em segredo. Espero que entenda. O Conselho Veretiano acha que ele está caçando em Acquitart.

– Eu sou a alma da discrição – disse Charls. – Mas me pergunto, quer dizer, se é que posso perguntar...

Do outro lado do pátio da estalagem, era possível ver o chapéu de pena balançante do primo Charls, que discutia com o estalajadeiro o custo para albergar um comboio de carroças. Um pensamento perturbava Charls.

– A ascensão não é em cinco semanas? – perguntou Charls.

– Quatro semanas – corrigiu Lamen. Ele disse isso com uma expressão inabalada, parado diante de uma carroça de um laranja estridente.

– Ainda bem que o rei Damianos está em Delpha – comentou Charls, em dúvida. – Não há necessidade de se preocupar com o fato de que o príncipe está longe faltando tão pouco tempo para a ascensão.

– Sim. Seria uma péssima ideia se fosse o caso – disse Lamen.

◆ ◆ ◆

A primeira parada deles em Aegina fazia parte da rota de comércio habitual de Charls: a casa de Kaenas, que era uma nobre inferior da província.

A região era famosa por sua hospitalidade e por seus pratos de carne. Em especial, uma paleta de cordeiro assada lentamente, cujo tempero era apenas alho e limão, que Charls estava louco para comer. À medida que se aproximavam dos muros externos de pedra lisa do vilarejo, Charls contou ao príncipe sobre os costumes preservados em Aegina. Eles logo iriam se deleitar com as belezas culinárias do norte de Akielos.

Ainda bem que o príncipe estava escondendo sua verdadeira identidade. Diante de príncipes, homens vomitavam, tropeçavam, deixavam cerâmicas caírem no chão. Se Guilliame soubesse quem o primo Charls realmente era, não teria sido capaz de se concentrar no gerenciamento do estoque. Afinal, nem todo mundo podia ter a serenidade abençoada de Lamen que, pelo que parecia, tratava o príncipe sem nenhuma deferência motivada por classe, o que era uma atuação e tanto.

Para Charls, fora preciso ficar se beliscando, assim como fizera um ano antes, ao longo por Mellos: o príncipe de Vere estava sentado no estofado daquela carroça alaranjada. A pessoa que levantava aquelas peças de seda era o príncipe de Vere. Aquele era o chapéu de pena do príncipe de Vere.

O príncipe, por sua vez, obviamente estava aproveitando uma liberdade que brindava Charls com alguns instantes de fazer o coração parar de bater, como quando Guilliame atirou um alforje nele ou quando lhe serviram o almoço em segundo lugar, depois de dar a melhor porção para Charls. Mas o príncipe não se perturbou com essas intimidades, o que era prova, pensou o mercador, de seu excelente caráter.

O grupo estava quase passando pelos muros externos e indo comer a paleta de carneiro quando ficaram sabendo que não seriam recebidos no estabelecimento.

– Deve haver algum engano – disse Charls.

Ele mandou Guilliame esclarecer a situação. Não estava muito preocupado. Fazia negócio ali todos os anos. Kaenas tinha preferência por linhos mais leves e quítons de estilo mais drapeado, e Charls tinha várias peças de faixas bordadas que ela acharia muito bonitas.

– Não houve engano nenhum – informou o guarda. – Charls, o mercador de tecidos, não é bem-vindo aqui.

A informação deixou Charls perplexo e chocado. Teve dificuldade em pensar em um motivo para haver algum descontentamento, muitíssimo envergonhado por esse mal-entendido ocorrer diante de seu príncipe.

– Bem, aí é que você se engana – disse uma voz inconfundível. – Você está pensando no Charls errado. No Charls, o Velho. Eu sou Charls, o Jovem. Dá para saber pelas carroças alaranjadas.

Por baixo da pena do chapéu, o príncipe olhou para o guarda.

– Existem dois mercadores de tecido veretianos chamados Charls – disse o guarda.

– É um nome comum em Vere – informou Charls, o Jovem.

– Mais comum a cada dia que passa – disse Lamen.

O guarda se voltou na direção do akielon, e Lamen sorriu para ele, um sorriso natural, repleto de sua bondade, de seus cachos desgrenhados e do temperamento tranquilo, típico de quem nasceu ao sul de Akielos. Lamen tinha uma covinha na bochecha esquerda. Charls reparou que o guarda retrocedeu um milímetro.

Eles tiveram que ficar esperando enquanto um mensageiro foi enviado até a casa, e esperaram um tanto mais até ele voltar (ofegante). O guarda fez sinal para que entrassem. A visita prosseguiu, chicotes fustigaram, as carroças sacolejaram. Charls, o Jovem, era bem-vindo.

Charls, o Velho, estava sentindo-se cabisbaixo. Mas, claro, o grupo precisaria de um lugar onde ficar. Ele sentiu alguém apertá-lo no braço e ergueu os olhos, surpreso, quando o príncipe disse:

– Vamos esclarecer isso, sim?

Kaenas ficou encantada por receber um jovem mercador com histórias da corte veretiana e havia organizado exatamente o tipo de noite sob os toldos dos jardins que Charls imaginara, tirando o fato de que não fora convidado. O mercador fez uma refeição menor nas dependências dos serviçais.

Então lhe ocorreu que, naquele momento, ele também fingia ter uma posição inferior, comendo com humildade junto de Lamen. Se o príncipe era capaz de manter aquela farsa, Charls também era, pensou. Certamente, não queria que Lamen pensasse que ele se tinha em tão alta conta a ponto de não comer ao lado de um assistente. Na verdade, na estrada, não era raro fazer as refeições com Guilliame. Além disso, aquela comida simples era saborosa, e Lamen, apesar da origem modesta, era um rapaz atencioso que falava veretiano muito bem, mesmo que seu conhecimento acerca dos tecidos deixasse a desejar.

– Achei que homens bem-nascidos de Vere eram proibidos de ficar a sós com mulheres – comentou Lamen, franzindo um pouco o cenho, já que a comida havia se transformado em migalhas e o príncipe ainda não tinha voltado.

– Nós estamos em Akielos – disse Charls.

– Pensei que...

– A criadagem de Kaenas está presente – pontuou Charls, tranquilizando-o, com tom de certa aprovação. A preocupação de Lamen com o príncipe era bastante adequada. – Conta como acompanhante.

Alguém bateu de leve à porta. Em seguida, um rosto espiou o interior do cômodo, uma mulher mais velha, de cabelo castanho, que rareava.

– Doris? – perguntou Charls, surpreso.

– É você *mesmo*. – Doris deu um passo adiante, entrando no recinto, que era pequeno demais para acomodar três pessoas. – Charls... quero que você saiba: eu não acredito em uma palavra do que andam dizendo a seu respeito.

Charls sentiu o toque gelado da preocupação.

– O que andam dizendo?

Tinha conhecido Doris dois anos antes. Ela era costureira, e Charls elogiara a qualidade de seu trabalho. Desde então, os dois tiveram várias conversas estimulantes, incluindo uma maravilhosa sobre as qualidades do linho de Isthima. Daquela vez, a expressão de Doris estava preocupada.

– Um mercador fez uma parada aqui, três dias atrás. Disse que você estava por aqui porque não era bem-vindo na capital. Disse que você passou a perna no rei de Akielos, oferecendo-lhe um mau negócio.

– Não, ele não fez isso – declarou Lamen, ficando de pé.

Charls ficou emocionado com a confiança de Lamen nele.

— É bondade de sua parte falar isso, Lamen – disse Charls. – Só que, infelizmente, sua palavra vale muito pouco contra a de um mercador renomado.

Charls era capaz de ouvir o tom de preocupação na própria voz e fez um esforço consciente para se tranquilizar. De nada adiantaria causar preocupação aos outros com seus problemas.

— Obrigado por ter vindo, Doris. Tenho certeza de que é apenas um mero mal-entendido.

— Tome cuidado na estrada, Charls – falou Doris. – Aegina é uma província perigosa, e ninguém sabe muita coisa a respeito desse comerciante.

— O nome dele é Makon – informou o príncipe, voltando do jantar, várias horas mais tarde. Estava com uma aparência extenuada, que lhe conferia um relaxamento sutil à postura, e um brilho nos olhos, por ter tido uma noite de divertimentos. – Ele é de Akielos e está tentando estabelecer rotas de comércio que passam por Patras. Nasceu em Isthima. É herdeiro de uma companhia de comércio de grande reputação. Cabelos escuros. Belos olhos. Não tanto como os meus. Tem 35 anos, é bonito e solteiro, e receio que tenha coisas terrivelmente pejorativas a dizer a seu respeito, Charls.

— Você tem mesmo belos olhos – concordou Lamen.

— Sentiu minha falta? Eu trouxe uma coisinha para você. – O príncipe atirou uma fruta cristalizada para Lamen, que a pegou no ar, uma pontinha de divertimento presente no rosto.

— Ao que tudo indica, você tem um rival nos negócios. E ele está com uma vantagem de três dias.

— Alteza, mil perdões por ter lhe causado esse incômodo. Eu o acompanharei na volta a Acquitart com o maior prazer. – Charls fez uma mesura exagerada.

A reputação era tudo para um mercador, e a situação de Charles já era precária, por ser de Vere e estar fazendo negócios no norte de Akielos. Charls pensou nos boatos espalhados, nos relacionamentos azedados, nas portas fechadas. Mas, acima de tudo, pensou em como havia decepcionado o príncipe, que só deveria viajar na melhor das companhias.

O príncipe apoiou o ombro na pedra grossa da parede e perguntou:

– Qual é sua próxima parada de negócios?

– A nordeste, em Semea – informou Charls.

– Então iremos para o norte, até Kalamos – disse o príncipe. – E chegaremos lá antes dele.

◆ ◆ ◆

O comércio, não raro, era uma corrida: o primeiro a atravessar as montanhas na primavera, o primeiro a chegar a um porto, a uma casa, a um freguês. As carroças alaranjadas não eram feitas para corridas, mas Lamen tinha uma excelente ética de trabalho e possuía o tipo de físico adequado para reorganizar peças de tecido pesadas. Também causava um efeito surpreendente nos seis guardas a serviço, acompanhado de um conhecimento sobre o território que garantiu que eles viajassem a uma boa velocidade pelas estradas interioranas.

Em Kalamos – o guarda fez sinal para entrarem sem pensar duas vezes. Passaram com as carroças por um caminho sombreado por loureiros que desembocava em um pátio externo, onde eles desembarcaram das carroças e os cocheiros apearam.

Por um instante, Charls achou que estava com visão dupla.

Havia um contingente de cinco carroças alaranjadas parado no pátio, do lado oposto. Pareciam idênticas às carroças de Charls, nos mínimos detalhes. As carroças de Charls eram alaranjadas. Aquelas carroças eram alaranjadas. As carroças de Charls tinham assentos de mola. Aquelas carroças tinham assentos de mola. O mesmo formato, o mesmo estilo, os mesmos acessórios... Teria o príncipe lhe comprado mais cinco carroças?

Mas aí Charls viu o mercador, que trajava um pesado quíton de algodão importado, uma roupa que ia até o tornozelo, enfeitada com uma bainha cor de vinho pomposa.

Era Makon. Com um leve nervosismo, Charls teve certeza no mesmo instante. Aquele era o comboio de carroças de Makon. Não haviam chegado antes dele, mas exatamente ao mesmo tempo.

– Visita de dois mercadores. – Eugenos, o supervisor da casa, cumprimentou-os com o gesto tradicional.

– Concorrência saudável. – Makon sorriu.

Então eles foram levados juntos ao interior da construção, aos aposentos onde poderiam se lavar da viagem e trocar de roupa. Charls e Makon andaram lado a lado, o príncipe à esquerda de Charls e os assistentes logo atrás.

De perto, Makon era bem parecido com a descrição que o príncipe fizera: um homem de rosto bonito, barba curta, do tipo que era popular em Patras, e olhos castanho-escuros impressionantes, que nunca eram afetados por completo quando ele sorria.

– Então você é Charls? – perguntou Makon.

Caminhavam no ritmo de um passeio agradável. As palavras de Makon também foram agradáveis, mas Charls sentiu seus batimentos acelerarem, como se reagissem a uma ameaça.

– Isso mesmo – disse uma voz, antes que Charls tivesse tempo de reagir.

Makon dirigiu o olhar para o jovem que estava ao lado do mercador. Então examinou os trajes – a amarração de Vere, o custo obviamente alto do brocado. E examinou a pena.

– Você é mais jovem do que eu esperava.

– Serei maior de idade em quatro semanas.

Olhos azuis fitavam Makon por baixo da pena. Makon, por sua vez, ficou olhando para o príncipe como se contabilizasse cada sol de seu valor.

– Você não me parece o homem do qual tanto ouvi falar.

– Você quer dizer o homem do qual tanto falou.

Makon sorriu mais uma vez.

– Deixe disso, Charls. Como eu disse, um pouco de concorrência saudável.

Retirando-se para se aprontarem nos aposentos que haviam sido preparados para eles, os dois mercadores voltaram limpos da poeira da estrada, com seus assistentes e várias amostras para apresentar ao supervisor da casa.

Nestor de Kalamos gostava de usar vermelhos que se aproximavam muito do vermelho-real de Akielos mas ainda eram permitidos a homens de classes inferiores. Charls selecionou amostras que representavam seus melhores tingimentos de vermelho (o castanho-avermelhado de Ver-Tan, o carmim extraído de kermes esmagados em Lamark) e os dispôs para exibição. Fechar negócio ali ajudaria o mercador a consolidar uma rota de comércio que poderia ser estendida mais para o norte, até o forte do kyros.

O príncipe até que lidou bem com a fala de apresentação, ainda que Charls tenha precisado murmurar, *sotto voce*, algumas coisas aqui e ali.

– E os seis fios da…

– … trama… – murmurou Charls.

– … servem como um finíssimo…

– … forro – murmurou Charls.

– Excelente trabalho, Alteza – murmurou Charls, baixinho, mas com certo orgulho, quando o supervisor se virou para Makon. – Um ótimo começo.

Os suspiros de assombro vieram quando o assistente de Makon desenrolou, com um floreio, uma peça de seda kemptiana cor de vinho novinha em folha, sem manchas, livre da poeira da estrada. Era linda.

– Seda kemptiana – disse Makon. – Trazida do oeste. Cem lei de prata.

– Nós vendemos por cinquenta – disse o príncipe, na mesma hora. – Minha mãe é kemptiana.

– Primo Charls! – disse Charls. Mas antes que ele pudesse objetar…

– Pode fazer por menos de cinquenta lei? – O supervisor tornou a olhar para Makon.

– Quarenta e cinco – disse Makon.

– Quarenta – rebateu o príncipe.

– Trinta e cinco – disse Makon.

Charls ficou tonto. O valor estava bem abaixo do preço de custo. Quem conquistasse aquele contrato de fornecimento teria um prejuízo enorme. E, se fosse ele...

Todos na câmara olharam para o príncipe, ansiosos. Ele havia ficado um pouco pálido.

– Receio que não poderemos baixar mais o preço, nem mesmo para Nestor de Kalamos.

Aquilo foi o suficiente: o supervisor fez um gesto e as sedas começaram a ser enroladas novamente, e as amostras, guardadas, com a rapidez e a eficiência de barracas mercantis que fecham ao primeiro sinal de chuva.

– Você será nosso fornecedor – anunciou o supervisor, dirigindo-se a Makon. – E vai sentar-se ao lado de Nestor no banquete desta noite, em reconhecimento a sua nova posição.

– Supervisor – disse Makon, inclinando a cabeça em sinal de respeito, já que o supervisor e seus criados se retiravam da câmara.

– Você deve querer muito estabelecer uma rota de comércio aqui – comentou o príncipe, dirigindo-se a Makon. Os dois estavam de pé, um ao lado do outro.

– Caro Charls. O que vai fazer com sua própria seda kemptiana? Ela vai estragar na estrada.

– Nós não trouxemos nenhuma seda kemptiana – disse o príncipe.

Foram necessários alguns instantes para que essas palavras fossem compreendidas e, então, a expressão de Makon mudou.

– Ah, você achou que nós tínhamos? Receio que baixou seu preço sem necessidade. – Um olhar de fúria surgiu no rosto de

Makon. O príncipe acrescentou: – Um pouco de concorrência saudável.

O jantar foi glorioso. A distribuição dos assentos não eclipsou em nada o delicioso porco defumado com alho-poró, as cebolas caramelizadas e o vinho regional de sabor intenso. Pelo jeito, cada história que o primo Charls contava lançava, sutilmente, uma luz favorável sobre Charls. E, quando Nestor se inclinou e elogiou a cor do brocado vermelho do primo Charls, o mercador só precisou comentar que haviam trazido um tecido parecido e o negócio foi fechado – um contrato!

Charls dormiu feliz da vida na cama estreita e acordou nas nuvens, com a graça dos bons espíritos, otimista com a expedição ao norte, até que foi aos estábulos, que estavam às escuras, antes do amanhecer e viu a movimentação que transcorria ali.

Guilliame segurava uma tocha. As chamas iluminavam o interior da baia. O príncipe estava ajoelhado na palha, a mão no pescoço de um dos cavalos de tração, o malhado que tinha patas peludas enormes. O animal estava deitado de lado, respirando com dificuldade. Estava morrendo. Carne para os cães de caça, disse o cavalariço. Sem se levantar, o príncipe disse que não achava uma boa ideia.

– Foi veneno. Na comida – disse Guilliame, em voz baixa. – Lamen notou um camundongo morto perto dos silos de grãos. Se não tivesse nos avisado, teríamos perdido todos os cavalos, não só esse.

O príncipe ficou com o cavalo enquanto Lamen o acariciava no ombro, depois pediu a um dos tratadores que sacrificasse o animal. Só se levantou dali quando o cavalo estava morto.

O sol estava bem forte quando todos saíram dos estábulos e foram para o pátio, onde as cinco carroças chamativas de Makon já estavam prontas para partir.

O próprio Makon estava trajando um quíton branco imponente e baixou os olhos, dirigindo-os para a seda estragada do príncipe, as manchas de terra e a palha em seus joelhos.

– Problemas com os cavalos? – O tom de Makon era brando.

– Essas coisas acontecem no comércio – disse Charls bem mais tarde, dirigindo-se ao príncipe, enquanto eles aprontavam as próprias carroças.

– Eu o provoquei – disse o príncipe, com um tom tão frio como a expressão em seus olhos azuis acetosos, quando se virou para Charls. – Estava gostando de fazer isso.

Com apenas um cavalo de tração para puxar uma carroça feita para dois animais, teriam que viajar mais devagar e parar com frequência. Nesse estado, não havia como chegar antes de Makon, que estava com uma boa vantagem. Aonde quer que fossem, o outro chegaria primeiro para roubar os negócios e espalhar boatos.

Mas, se não fosse pelo príncipe, Charls já teria uma reputação que seria sinônimo de traição naquela região. E, se não fosse por Lamen, em vez de um, o mercador teria dez cavalos mortos apodrecendo nos estábulos.

Ele não disse nada disso enquanto seguiam viagem, devagar. Pensou no príncipe, de joelhos nos estábulos, e no malhado, deitado de lado, soprando o ar pelo nariz sobre a palha.

◆ ◆ ◆

Já era muito tarde quando chegaram à estalagem, e duas dúzias de pares de olhos hostis os observaram quando entraram.

O vilarejo de Halki era pequeno, e a estalagem, ainda menor. Tratava-se de uma construção de madeira retangular com bancos do lado de fora, sob videiras suspensas, e o interior tinha chão de terra batida, onde moradores locais – e, de vez em quando, seu gado – faziam refeições ou se abrigavam para passar a noite.

– Não podemos ficar nas mesmas pousadas que Makon, não é seguro. – Foi o príncipe que sugeriu. E ele tinha toda a razão: a sabotagem era ainda mais provável na estrada.

Sendo assim, tiveram de ir para aquela pequena estalagem local, com seu interior estreito, com um único pernil de cordeiro no fogo. Do lado de fora, os cavalos permaneceram com embornais atrelados às carroças; o celeiro estava ocupado, lotado pelos soldados, que desenrolaram suas esteiras para passar a noite.

Dentro da estalagem, os homens (eram todos homens) sentavam-se em dois grupos aleatórios, compostos de cerca de oito pessoas, além de haver mais um camarada sentado sozinho, sob uma capa de lã mal tingida de azul, com um padrão de trama irregular, e outros dois bebendo vinho ao lado de um bando de gansos engaiolados no canto.

Com uma pontada, Charls pensou na carne assada com cebolas derretidas da maior pousada da região, a qual ele conhecia muito bem. Logo de cara ficou bastante óbvio que aquela estalagem não servia a classe dos mercadores. Provavelmente, não servia forasteiros de outro vilarejo.

– Veretiano. – Essa foi a primeira palavra dita quando eles

passaram, e o tom foi tão desagradável que Charls teria ido embora caso o príncipe já não tivesse se acomodado a uma mesa.

Charls se sentou na frente dele, a uma proximidade desagradável do homem de capa azul, que, vendo de perto, constatou ser de lã não tratada, obviamente feita em um tear caseiro. Àquela altura, eles haviam sido muito rebaixados, pensou Charls.

— Dá para comer o cordeiro — disse o homem de capa azul.

— Obrigado, desconhecido — respondeu Charls, e seu sotaque veretiano saiu de um jeito constrangedor, alto demais.

Havia, de fato, um aroma de cordeiro assado que tomava conta da taverna, mas não chegava a passar uma sensação reconfortante, considerando a hostilidade dos homens e a presença dos gansos ali no canto.

— Não vai sentar no meu colo desta vez? — Lamen se acomodou no banco, bem à vontade.

— Charls vai desmaiar — falou o príncipe.

— Acho que isso não são modos de um jovem mercador de tecidos — comentou Charls.

— Tem certeza de que dá para comer o cordeiro? — perguntou Guilliame, dirigindo-se ao homem de capa azul.

Charls cheirou o vinho. Era duplamente encorpado, descobriu, tossindo. Pelo menos era vinho e não uma das bebidas fermentadas típicas das regiões do norte. Ele tentou apreciar o encanto rústico de fazer uma refeição ali, por mais que tivesse consciência de que aqueles homens hostis também estavam todos bebendo vinho duplamente encorpado.

Ainda assim, sempre havia um lado bom: só era necessário beber metade do vinho e, quem sabe, aquele homem de capa azul tivesse alguma informação local pitoresca. Ele abriu a boca para falar.

Charls não viu como foi que tudo aconteceu. Ouviu um homem de Akielos, trajando um quíton de lã, dizer "Cuidado aí", e, de repente, o príncipe estava encharcado. O conteúdo da caneca do príncipe tinha sido derramado em seu próprio colo.

O vinho duplamente encorpado encharcou a seda de uma urdidura requintada, de tão uniforme, manchando-a para sempre, antes de ficar escorrendo pelo banco e pingando no chão.

– Tem veretiano demais aqui – comentou o homem, e então cuspiu perto da poça de vinho.

Com calma, Lamen se levantou do banco, um processo que o homem só percebeu quando ergueu os olhos.

– O príncipe veretiano está prestes a ser coroado. – O tom de Lamen foi até que simpático. – Você deveria ter mais respeito ao falar de seus súditos.

– Você vai ver só o que é respeito – disse o homem, dando-lhe as costas. Mas, então, voltou a virar-se e desferiu um soco no maxilar de Lamen.

– Lamen, a comida do príncipe! – alertou Charls, mas suas palavras incautas não foram ouvidas conforme Lamen se movimentou, esquivando-se do soco e fazendo o homem cair em cima da mesa deles, esparramando tudo o que havia em cima dela. Em seguida, Lamen pegou o homem pelo cangote do quíton e o atirou taverna adentro.

Com um estrondo, o homem caiu bem no meio de um dos grupos sentados a vários passos de distância, fazendo canecas de vinho e pedaços de carne saírem voando. Todos que estavam sentados se colocaram de pé.

– Tudo isso é um mal-entendido – disse Charls, encarando os oito akielons molhados. – Não estamos aqui para causar confusão. Estamos apenas...

Então ele se abaixou, pois alguém atirou em sua cabeça, com uma precisão preocupante, uma barra de metal na qual estavam amarrados uns quantos coelhos recém-caçados.

– Cuidado! – O príncipe arrastou o homem de capa de lã mal tingida até o chão, para que a barra não o acertasse.

Ao mesmo tempo, recuperando-se da queda e sacudindo-se para se livrar do vinho e dos pedaços de comida que estavam em cima da mesa, o primeiro agressor conseguiu se levantar e foi para cima de Lamen.

A explosão de violência resultante transformou a taverna em um emaranhado de brigas turbulento. Um grupo de akielons foi para cima de Lamen. Um grupo de akielons foi para cima uns dos outros.

– Levar a culpa pelos erros de um veretiano? – Não demorou para alguém dizer isso também. – Você anda deixando suas vacas pastarem nas minhas terras, Stavos, e não adianta negar!

A gaiola dos gansos foi aberta, e as aves saíram todas ao mesmo tempo, grasnando e bicando os homens na altura dos joelhos.

O príncipe arrastou o homem de capa azul, deixando-o fora de perigo atrás da maior mesa que havia sido tombada. Dessa posição estratégica, começou a atirar azeitonas, com as quais acertava a cabeça dos akielons que estavam brigando, sem causar nenhum dano real, mas, por outro lado, contribuindo para a confusão geral.

Charls se espremeu contra a parede, tentando ficar de fora da pancadaria, e aí viu Guilliame nos destroços da gaiola dos gansos e um dos akielons partindo para cima dele.

– Guilliame! – Charls pulou por cima de uma banqueta, pegou um jarro de vinho e o espatifou contra a cabeça do agressor. Em seguida, encolheu-se todo ao pensar no preço da louça quebrada.

O mercador fez Guilliame ir às pressas para trás da mesa virada, onde o homem de capa azul estava agachado, ao lado do príncipe, para que também ficasse fora de perigo.

– Charls – apresentou-se.

– Alexon – disse o homem.

E aí ouviu-se um estrondo e um ruído de madeira se estilhaçando, seguidos de um urro poderoso.

– Acho que Lamen está dando conta – comentou o príncipe, espiando por cima da mesa.

Um tilintar súbito e alto ocasionou uma expressão de preocupação repentina no rosto de Alexon.

– Esse sino convoca a guarnição.

Venha conosco – disse o príncipe a Alexon. E, em seguida: – Lamen, para mim! – E os cinco conseguiram sair pela porta, deixando a briga ainda transcorrendo às costas.

Foi um trabalho rápido soltar o embornal dos cavalos e subir nas carroças, dando graças pelo fato de os animais ainda estarem encilhados. Não foi preciso acordar a diminuta guarda: o sino já tinha feito isso. Os homens, então, colocaram as calças e camisas às pressas e pularam nas selas. Viajar à noite não era o mais indicado naquelas rotas provincianas, mas eles se movimentaram em um ritmo alucinante (para carroças) e se afastaram dali. Quando estavam quase longe demais para escutar o barulho da briga, a chegada da guarnição local pôde ser ouvida com clareza atrás deles.

Foi só quando Lamen concluiu que não estavam sendo seguidos que passaram a ir mais devagar e começaram a procurar por uma clareira ou uma brecha nas árvores onde poderiam parar e passar a noite acampados.

– Pena que você não deu aquele soco nele depois do jantar – disse Guilliame. – A gente pode fazer uma fogueira, mas não há nada para comer.

O príncipe mostrou uma trouxa de pano.

– O cordeiro! – exclamou Alexon, que havia descido da carroça em um pulo.

– Bati em um akielon com ele – contou o príncipe. – Mas, tirando isso, acho que não sofreu maiores danos.

– Podemos tomar vinho também, se torcermos sua capa – disse Lamen. E mostrou a barra de metal com os tantos coelhos amarrados.

– Pensou rápido, Lamen – elogiou Alexon, admirado.

Os seis guardas montados acomodaram os cavalos. Guilliame saiu em busca de lenha. Charls, que tinha uma noção escrupulosa quando se tratava de negócios, consolou-se com o fato de que haviam pagado pelo cordeiro e que os coelhos tinham sido atirados nele, o que podia contar como presente. Então ele avistou o príncipe e Lamen, e todos os pensamentos se esvaíram de sua mente, pois o príncipe segurava um dos coelhos pelas orelhas, com o braço estendido, olhando para o animal.

– Não pode ser tão difícil assim – dizia.

Horrorizado, Charls percebeu que ele estava falando de esfolar o coelho e, então, pegou Lamen pelo braço, bem firme.

– Com sua licença, primo Charls. – E levou Lamen para a lateral das carroças.

– Lamen, por acaso o príncipe de Vere está segurando um coelho morto? – disse, assim que se afastaram alguns passos.

– Sim, mas...

– Ele é um príncipe. Aquilo é um coelho. Você acha que ele já esfolou um coelho na vida?

– Não, mas...

– Não. As mãos de um príncipe são instrumentos refinados. As mãos de um príncipe não foram feitas para encostar em um coelho morto. Você tem de fazer isso!

– Mas, Charls!

O mercador lhe deu um empurrão forte nas costas.

– Vá!

Tendo prevenido este lapso de etiqueta de fazer o coração saltar, Charls voltou para o acampamento bem na hora em que os soldados estavam cavando um buraco para a fogueira. Lá, pegou cobertores para que eles se sentassem e só foi buscar os coelhos quando o espeto estava montado e o fogo já queimava forte.

Lamen e o príncipe estavam juntos no limite das árvores. Os coelhos jaziam no chão, tirando um que Lamen segurava pela perna, hesitante. O príncipe esfregava os olhos, rindo.

– Se ao menos soubéssemos por que lado começar – disse Lamen.

De repente, ficou óbvio que Lamen não tinha ideia do que

fazer. Com uma súbita clareza de pensamento, Charls se deu conta de que Lamen não era um assistente de mercador de tecido. Ele era o *companheiro pessoal* do príncipe e não tinha nenhuma habilidade que fosse para aquela tarefa.

– Guilliame, por favor, ensine a Lamen como se cozinha um coelho – disse Charls. Suas têmporas latejavam, ameaçando a chegada de uma dor de cabeça.

Felizmente, não precisaram espremer a capa do príncipe: encontraram vinho nas carroças, assim como canecas, e fizeram uma refeição alegre em volta da fogueira. O vinho os aqueceu, e a carne (Guilliame se saiu muito bem) estava bem assada. Alexon, descobriram, era filho de um fazendeiro que criava ovelhas, e ele e Charls tiveram uma instigante conversa a respeito do aumento dos preços da lã na região. Charls concluiu que Alexon era um rapaz íntegro e pensou que não podia esquecer de lhe dar uma capa nova.

– Digam de onde vocês vêm – disse Alexon.

– Eu nasci em Varenne – contou Charls. – Uma rica província comercial, com um excelente sistema de tarifas. Eu sempre achei a organização dos rendimentos de lá muito boa.

– Arles – disse o príncipe. – O ninho de víboras.

– Ios. – Lamen se espichou, dava a impressão de estar tranquilo ali, aquecendo os braços e as pernas na claridade da fogueira. – Mas fui levado para Arles, onde nos conhecemos.

– Achei que você era de Patras – disse Guilliame.

– Não, eu nasci na capital.

Não disse mais do que isso. Charls supôs que ele e Guilliame estavam entre os poucos que sabiam as verdadeiras origens de

Lamen – que, por baixo daquela manga comprida veretiana, havia uma algema de ouro e que Lamen, um dia, fora um escravo do palácio. O mercador não sabia como Lamen conquistara a liberdade, mas podia perceber por que chamara a atenção do príncipe. Tratava-se de um jovem no auge de sua forma física, que também era bondoso e leal. Qualquer nobre solteiro teria reparado nele.

– E como é que agora você luta pelo povo de Vere? – perguntou Alexon.

Charls ficou curioso para ouvir a resposta, mas Lamen disse apenas:

– Acabei conhecendo alguém de lá.

A luz da fogueira dava a impressão de mudar o clima, aquecendo-o. As carroças eram visíveis no brilho da chama, assumindo um tom rosado de laranja.

– Por aqui, as pessoas não dão muita importância à nova aliança – disse Alexon.

– Damianos é um grande rei – defendeu Charls. – Deveria confiar nele, assim como confiamos em nosso príncipe.

– Você acha que eles estão trepando? – perguntou Alexon.

Charls se engasgou com o vinho.

– O que foi que você disse?

– O rei e o príncipe Laurent. Você acha que eles estão trepando?

– Bem, não cabe a mim dizer – Charls evitou olhar para o príncipe.

– Acho que estão – interveio Guilliame. – Charls já esteve na presença do príncipe de Vere uma vez. Disse que ele era tão belo que, se fosse um escravo de estimação, ocasionaria uma guerra como ninguém jamais viu entre os que fizessem lances para comprá-lo.

— Quer dizer, de um modo honroso — explicou-se Charls, com pressa.

— E todo mundo em Akielos comenta sobre a virilidade de Damianos — prosseguiu Guilliame.

— Acho que você não deveria seguir por esse... — Charls começou a dizer.

— Meu primo me contou — disse Alexon, com orgulho — que conheceu um homem que já foi um gladiador famoso, de Isthima. Ele durou poucos minutos na arena com Damianos. Mas, depois da luta, Damianos possuiu o homem em seus aposentos durante seis horas.

— Viu só? Como um homem assim poderia resistir a uma beleza como a do príncipe? — Guilliame se recostou, triunfante.

— Sete horas — disse Lamen, franzindo de leve o cenho.

— Aqui em Aegina, dizem que Damianos possui o príncipe todas as noites, mas é pouco provável que um rei renuncie a seus escravos e limite seus apetites, contentando-se apenas com uma pessoa.

— Eu acho isso romântico — disse Guilliame.

— Ah, é? — disse Alexon.

— Ouvi dizer que Damianos se disfarçou de escravo para revelar o segredo da traição cometida pelo irmão e que o príncipe de Vere se apaixonou sem saber quem ele realmente era.

— Ouvi dizer que os dois se aliaram em segredo meses antes — disse Alexon. — E que o príncipe escondeu Damianos de Kastor, fingindo que ele era um escravo, enquanto os dois se cortejavam na intimidade.

— O que você acha, Charls? — perguntou Guilliame, dirigindo-se ao príncipe.

— Acho que eles contaram com ajuda — respondeu o príncipe —, durante o processo, daqueles que eram leais.

Apesar do tema indecoroso da conversa, Charls sentiu o rosto ficar corado ao ouvir as palavras gentis do príncipe. E então ergueu a caneca de lata.

— Espero que tenhamos muitas noites como esta, com nossos novos amigos de Akielos — disse Charls.

— À aliança — concordou Alexon, e suas palavras ecoaram, repetidas por aqueles que estavam sentados ao redor da fogueira. "À aliança."

Charls viu que Lamen ergueu a caneca e a inclinou para o príncipe, que imitou o gesto, os dois sorrindo discretamente.

Lamen, por algum motivo, foi ficando cada vez mais agitado conforme se aproximavam do forte. Tinha começado quando Charls comentara por alto que havia uma chance de se reunirem com o kyros. O mercador quis se certificar de que todos sabiam como se comportar na presença dele, com o devido respeito por sua posição.

— Você está falando de Heiron — disse Lamen.

— Sim, isso mesmo — confirmou Charls.

— Não posso me reunir com Heiron — disse Lamen.

— É compreensível ficar nervoso na presença de homens importantes como o kyros, Lamen. Mas o príncipe não teria escolhido você para ser assistente dele caso não acreditasse em suas habilidades.

Lamen passou a mão no rosto e ficou com um olhar de quem achava graça mas estava triste.

– Charls...

– Não se preocupe, Lamen. Aqui não é como é nas casas menores. O kyros é uma figura importante, mas remota. Muito provavelmente, seremos recebidos pelo supervisor.

Lamen não pareceu nem um pouco aliviado com essa tentativa de apaziguá-lo, mas foi como Charls havia dito: depois que se limparam em aposentos na cidade, foram convocados a comparecer ao interior do forte para se reunirem com o supervisor da casa.

Era para esta reunião que Charls estava se preparando desde que partira em viagem e, com orgulho, exibiu o que havia de melhor em seu estoque: o rico veludo de Barbin, o damasco canelado, as sedas e cetins de Varenne, os linhos brancos finos e os algodões ultrafinos que rendiam os melhores quítons de Akielos. Olhou para suas mercadorias com contentamento no coração. Era uma enorme honra fazer negócios com um kyros.

Ele também enviou com antecedência uma caixa menor, contendo um presente requintado – faixas bordadas de Isthima – para agradecer ao kyros por aquela audiência. Abrir as negociações com um presente era um costume veretiano que, Charls havia descoberto, também agradava muito aos akielons.

Eles partiram em um pequeno grupo, Charls e o príncipe à frente, Guilliame logo atrás e Lamen por último, junto com os quatro guardas que carregavam os baús de amostras. Alexon, que fora para o norte com eles, estava com uma aparência deveras respeitável, trajando a nova capa.

Dois criados vestindo quítons curtos acompanharam a comitiva, atravessando a simplicidade elegante de uma série de pátios internos em estilo akielon, até chegarem a uma câmara arejada, onde ficariam à espera do supervisor.

A câmara tinha proporções do estilo clássico de Akielos e era mobiliada com sofás baixos, de base entalhada, que tinham apoios de cabeça em formato de rolo. Os arcos eram belos, mas as sedas drapeadas por cima dos sofás baixos eram o único verdadeiro elemento decorativo do recinto, além das almofadas espalhadas sobre todos os sofás.

Reclinado nas almofadas, estava Makon, usando roupas soltas, com uma postura relaxada, uma caneca de vinho na mão.

– Olá, Charls – disse Makon.

Charls sentiu como se fosse um soco no estômago – claro que, enquanto eles pararam para se livrarem da poeira da estrada, Makon havia ido direto para lá, depois de tomar um café da manhã quente em uma pousada ampla e confortável.

Antes que pudesse dizer alguma coisa, o supervisor entrou – uma presença majestosa, acompanhada por dois criados –, mas Charls só conseguiu ver que um dos criados carregava a caixa com os bordados que ele havia escolhido a dedo. Estavam devolvendo o presente que enviara para o kyros, sem sequer tê-lo aberto.

– Nós mandamos um mensageiro para avisá-lo que não viesse.

– Peço desculpas, supervisor. Não recebemos nenhum mensageiro.

– Ou você o ignorou. Estou lhe recebendo para que não haja nenhum mal-entendido. Você não é bem-vindo aqui.

Charls se sentiu tão desorientado quanto havia se sentido

na casa de Kaenas. A caixa de bordados foi jogada no chão de mármore, bem na frente dele, causando um barulho que o fez pular de susto.

– Supervisor, se existe alguma acusação contra mim, espero que eu tenha, pelo menos, a chance de...

– Traição – disse Makon. – A acusação é de traição. Não é?

– Quem decide se é traição ou não é o rei. Mas você é contra a aliança. Fez negócios escusos com nosso rei. O kyros Heiron não fará negócios com você.

– O senhor está muito enganado – disse uma voz.

Todos se viraram.

Charls arfou e fez uma mesura exagerada, ao estilo de Vere. O príncipe, Lamen e Guilliame fizeram o mesmo, e Alexon, por sua vez, que estava atrás deles, imitou os gestos veretianos dos demais homens, todo atrapalhado. Do outro lado do recinto, o supervisor se abaixou e fez uma reverência tradicional akielon, assim como Makon.

Heiron, kyros de Aegina, entrou, com passos vagarosos e imponentes, trajando um quíton que arrastava no chão e era drapeado, como as pesadas cortinas de Vere.

– Meu filho conta uma história diferente.

– Seu filho? – indagou Charls.

– Alexon – disse Heiron, estendendo a mão. – Venha aqui.

Charls ficou parado, estarrecido. Alexon ficou de pé com uma postura altiva e jogou a capa azul para trás.

– É verdade. Sou Alexon, filho de Heiron – confirmou. – Não sou um simples fazendeiro criador de ovelhas, como aleguei.

– Mas e o que disse sobre as lãs? – perguntou Charls.

— Eu viajo pela província com frequência, em anonimato – respondeu Alexon. – As pessoas mostram sua verdadeira natureza livremente quando não sabem quem sou.

Ele deu um passo à frente e ficou ao lado do kyros de Aegina. A semelhança no formato do maxilar, nos olhos bem separados e nas sobrancelhas grossas era inconfundível.

— O filho de um kyros esteve viajando conosco disfarçado esse tempo todo! – exclamou Guilliame.

— Vocês acharam que eu era um reles fazendeiro – disse Alexon. – E, mesmo assim, salvaram minha vida na taverna e dividiram o pouco que tinham comigo na estrada. Quando descobri quem era, coloquei-o à prova e concluí que os boatos são falsos. Você acredita na aliança entre os reis, assim como eu... assim como meu pai.

Heiron se aproximou para cumprimentar Charls e seu grupo formalmente. Lamen puxou o chapéu bem para baixo, tapando a testa, e fez uma mesura se abaixando muito mais do que o necessário.

— Espero que se juntem a nós hoje à noite, como convidados de meu filho – disse Heiron.

— Será uma grande honra, kyros – falou Charls.

Sua mesura se transformou em um abraço exuberante, dado por Guilliame, e em tapinhas comemorativos nas costas, dados por Lamen, quando Heiron e o supervisor saíram do recinto, com a promessa de que dariam início às negociações ainda naquela noite.

— Aproveite sua pequena vitória. – Os olhos de Makon estavam queimando de raiva. – Tenho negócios mais importantes a fazer.

— Mais importantes do que um contrato de fornecimento com o kyros? – perguntou o príncipe.

– Maiores do que essa sua cabecinha é capaz de conceber – rebateu Makon. – Amanhã, partirei para Patras.

O jantar oferecido por Heiron foi esplêndido, e foi uma grande pena Lamen ter se sentido mal e não poder comparecer. Ao comer cordeiro macio e pães grelhados na brasa, Charls teve a sensação de que uma terrível nuvem havia se dissipado. Makon estava indo embora, em direção a Patras, e, com o respaldo do kyros de Aegina, a reputação de Charls na região seria reestabelecida.

– Acredito que todos os kyros deveriam ter um conhecimento prático da lã e de todas as mercadorias tarifadas – comentou Alexon, passando os cogumelos recheados.

– Também sempre pensei isso! – concordou Charls.

A conversa estava excelente, a comida estava excelente e a negociação à qual chegaram trouxe a Charls exatamente o lucro de que precisava para abrir em Delpha os armazéns com os quais sonhava. Seus pensamentos se voltaram para o ponto que havia escolhido, uma localização perfeita para expandir os negócios, com a demanda crescente que a nova capital em Delpha teria por têxteis de alta qualidade...

– Pense só, Alteza, se aquele brutamontes não tivesse derramado seu vinho lá na taverna, nada disso teria acontecido – disse Charls.

Houve um breve silêncio no recinto iluminado pelo sol enquanto conversavam na manhã seguinte, os pertences já meio empacotados para seguir viagem.

– Você não bebe vinho – apontou Lamen.

– Era uma ocasião especial – defendeu-se o príncipe.

– Devo ficar feliz por você não almejar um império comercial? – perguntou Lamen.

– Nós construiremos outro tipo de império – respondeu o príncipe.

Era um belo dia para viajar, o sol nascia bem alto e forte com uma brisa encantadora. Eles viajaram rumo a oeste por várias horas, até que pararam ao lado de um campo de grama macia, salpicada de flores silvestres, onde a luz brilhava em um córrego sinuoso, e o príncipe pediu para que fizessem uma parada. Fornidos com um excelente repasto oferecido pelo kyros, eles poderiam comer bem naquela parada improvisada e dariam de beber aos cavalos. Até mesmo poderiam deixá-los pastar um pouco, mordiscar a grama que ficava ao alcance deles caso espichassem a corda que os prendia.

Só que o príncipe saltou da carroça na mesma hora e começou a gritar com os soldados, ordenando que abrissem os veículos.

– Aqui – disse ele. – Já nos afastamos o suficiente. Abram! Agora!

Na verdade, não havia necessidade de conferir o estoque de mercadorias, pensou Charls. Eles haviam vendido quase tudo o que trouxeram, e o dinheiro arrecadado estava em segurança, dentro de um baú ao lado de Charls, protegido pela guarda montada.

Foi Guilliame que soltou o grito:

– Charls! Charls!

No mesmo instante, Charls desceu da carroça, com certa dificuldade. Ao ver Guilliame com o rosto pálido, lembrou-se, de repente, do cavalo envenenado e foi correndo até ele.

Por um instante, a situação lhe pareceu tão surreal que o impediu de se sentir mal e, em seguida, a reação física ocorreu, acompanhada por um pavor que dava a impressão de correr por suas veias e constringir seu peito.

Havia gente dentro das carroças. Rapazes e moças, pelo menos duas dúzias deles só naquela carroça, espremidos, amarrados uns aos outros de forma grosseira, passando mal por conta de alguma espécie de droga – e, além disso, estavam apavorados.

– Ajude-os a saírem das carroças! – disse Charls. – Rápido!

Em volta dele, soldados cortavam as cordas e ajudavam jovens trôpegos a deitar na grama. Charls ordenou que distribuíssem cantis de água e comida e achou umas poucas peças de tecido que não haviam sido vendidas e poderiam ser usadas para enrolar o corpo de quem precisasse.

Nus ou seminus, os jovens beberam a água com gratidão, a água pela qual não pediram, tampouco tentaram fugir. Fracos e zonzos, buscavam aprovação e faziam o que lhes mandavam.

– Estas não são as nossas carroças – dizia Guilliame. – Por fora, são iguais, mas...

Todos os pensamentos fugiram da cabeça de Charls, com exceção da necessidade de ajudar aquelas pessoas. Ficou encarando Guilliame, sem entender o que o rapaz estava dizendo.

– Os cavalos são nossos – disse Guilliame. – Mas nós trocamos as carroças.

– Com quem? – perguntou Charls.

– Com Makon – respondeu Lamen.

Não havia dúvida nem surpresa na voz de Lamen. Ele olhou para Charls sem piscar, e, em seus olhos, o mercador viu que o homem sabia da verdade havia muito tempo.

– Makon está comercializando escravos – disse Charls.

E foi aí que Charls pensou em retrospecto – antes da perseguição constante que faziam a Makon, antes das chegadas, as quais eram cronometradas para coincidirem. Pensou no príncipe, aparecendo para ajudá-lo com cinco carroças alaranjadas.

– Os jardins de treinamento de elite agora ensinam as habilidades tradicionais exigidas para conquistar um posto. Mas há quem ainda contrabandeie escravos para Patras, contrariando o decreto do rei – contou Lamen. – Agora que descobrimos a rota desse comércio ilegal, podemos alertar as forças reais e conseguir abrigo para esses jovens. Eles vão nos levar de volta aos jardins.

O rosto do príncipe estava sem expressão quando ele se aproximou dos dois, olhando para os rapazes e para as moças deitados na grama.

– Nosso contato chegará em breve.

– E Makon? Não deveríamos mandar a guarda atrás dele?

– Não – disse o príncipe. E o fez com uma convicção fria. Apenas esta única palavra.

Por instinto, Charls olhou para Lamen, cuja expressão, assim como a do príncipe, não mudou.

– Makon recebia dinheiro de traficantes de escravos, mas chegou com carroças vazias. Está morto.

◆ ◆ ◆

Parado no limite do pequeno jardim em Devos, Charls admirou a vista noturna. O que restava da luz do dia se demorava nos roxos e azuis do entardecer. Mais adiante das colunatas por onde andava, a paisagem se expandia e se aprofundava nas montanhas e vales que caracterizavam a região.

Tinha a sensação de que aquele dia fora uma espécie de sonho

— a chegada da guarda real, os ex-escravizados levados em segurança até Devos.

No dia seguinte, o príncipe partiria, voltaria para Marlas e contaria para todos histórias de sua temporada de caça em Acquitart. Ninguém além de Charls ficaria sabendo dos esforços que ele empreendeu para pôr fim ao comércio que Makon realizava ali.

Ele parou na parte da trilha onde os degraus desciam até um chafariz e os botões silenciosos de alguma espécie de flor noturna desabrochavam.

A luz era suficiente para ver os contornos de duas pessoas que estavam ali.

Lamen estava parado diante do príncipe, a cabeça dos dois bem próxima enquanto conversavam baixinho. Charls viu Lamen erguer o queixo do príncipe.

Em seguida, com a simples confiança advinda de uma familiaridade de longo tempo, Lamen se aproximou e beijou o príncipe na boca.

Não foi, em certo sentido, nenhuma surpresa para Charls. Na viagem que fizeram no ano anterior, percorrendo Mellos, Charls observara o processo de aproximação dos dois. Achou encantador o fato de o príncipe ter encontrado um jovem amante para si, e Lamen havia demonstrado um nível de devoção completamente apropriado. De fato, Lamen era um rapaz bem fornido, que esbanjava saúde – o tipo tranquilo e viril que poderia muito bem atrair a atenção real.

Agora, claro, as coisas entre eles deveriam ser diferentes. Todo mundo sabia que o príncipe Laurent era amante do rei de Akielos, Damianos. O caso de amor do príncipe com Lamen seria relegado a seu devido lugar, um flerte entre a realeza e o objeto de sua breve atenção.

Os braços do príncipe enlaçaram o pescoço de Lamen, trazendo-o mais para perto, e o beijo se intensificou, Lamen puxando-o até os dois se encostarem.

Quando o príncipe se afastou, sorrindo e murmurando algo, Lamen baixou a cabeça, até encostar no pescoço do outro. Os dois estavam falando com um afeto escancarado.

– Charls, mandou me chamar? – disse Lamen, ao entrar no quarto do mercador na manhã seguinte.

Charls apontou o divã para Lamen, onde os dois se sentaram, à luz do sol que atravessava o janelão.

– Completo 40 anos este ano. Não sou tão velho assim, mas sou velho o suficiente para ter visto bastante coisa neste mundo. Vi como você se comporta quando está com ele.

Um sorriso discreto e pesaroso surgiu quando Lamen voltou os olhos ternos para Charls.

– É tão óbvio assim?

– Você escolheu um caminho difícil. Ele é o príncipe de Vere, e sua obrigação, por causa da aliança, é com o rei de Akielos.

– Charls – disse Lamen –, eu trabalharia por toda a vida para ser digno dele.

Olhando para o rosto jovem e desimpedido de Lamen, Charls pensou que poderia lhe dizer muitas coisas. Poderia aconselhá-lo a não depositar todas as esperanças em um caso em que havia tamanha diferença de berço. Poderia sugerir que se afastasse e aprendesse um ofício.

– Fico feliz por ele poder contar com sua companhia. O príncipe precisa de um companheiro inabalável. E... quando os sentimentos são verdadeiros, muitos homens importantes de Vere se mantêm leais a seus companheiros ao longo de toda a vida.

– Em Akielos também – disse Lamen.

– Sim, pense na lealdade de Iphegenia. Ou em Theomedes, devotado à amante Hypermenestra, apesar de esta ser de uma classe muito inferior e não poder se casar com ele.

– Ficarei ao lado de Laurent pelo tempo que ele me quiser – afirmou Lamen.

Charls observou o rapaz e ficou feliz por seu príncipe poder contar com um homem como aquele a seu lado.

– Se algum dia você precisar de ajuda ou de um ofício, espero que me procure. Acho que daria um ótimo assistente de mercador. – Charls estendeu a mão.

– Obrigado, Charls. É um verdadeiro elogio – disse Lamen, apertando o braço dele em despedida.

◆ ◆ ◆

"Vida longa ao rei! Vida longa ao rei Laurent de Vere!"

Charls sentou-se, feliz e contente, no teto de sua carroça, e os demais subiram nas rodas e nas laterais do carro, ou então simplesmente ficaram na ponta dos pés ao lado do transporte e espicharam o pescoço, pularam e acenaram. As ruas estavam abarrotadas; sem subir em alguma coisa, ficava difícil enxergar.

Guilliame estava sentado a seu lado, pernas dependuradas. Eles tinham uma vista esplêndida, que alcançava até a rua principal, onde o novo rei – Laurent, o sexto de seu nome – era um vulto dourado do tamanho do dedão de Charls, de manto dourado, coroa dourada e a panóplia do cavalo também dourada. Ele cavalgava à frente do cortejo real, com seus porta-estandartes trajados de seda, cavalos com selas incrustadas de pedras preciosas, guardas de uniforme azul e dourado, arautos com bandeiras de estrela e rapazes e moças jogando pétalas de flores azuis e amarelas, abrindo caminho ao atravessar a cidade em direção ao forte.

Marlas estava mais do que lotada. Mas o príncipe insistira que sua ascensão fosse realizada em Marlas, não em Arles, e, sendo assim, conselheiros, kyroi e nobres de Vere e de Akielos, com suas respectivas criadagens, foram espremidos dentro do forte, em cada uma das estalagens e dentro de cada acomodação que o município foi capaz de encontrar. O próprio Charls tinha alugado um quarto no andar de cima da casa de um alfaiate, pagando um preço exorbitante para dividi-lo com uma leva de integrantes da pequena nobreza de Kesus.

Ao contrário dos nobres, o mercador possuía um convite para prestar serviços ao rei na terceira noite de comemorações. Seu orgulho ficou tão inchado que ele tinha a impressão de que iria explodir toda vez que pensava naquela honraria, na gentileza que o rei havia demonstrado ao lembrar-se de um reles mercador de tecidos na ocasião de sua ascensão.

O homem usou sua melhor capa, com mangas retas de veludo preto e fileiras de pequenas pérolas, forrada de cetim de Varenne. Certificou-se de que o traje lhe caía bem, posicionou o chapéu no ângulo certo, com capricho, e lustrou os calçados de fivela dourada até ficarem brilhando.

    Conforme atravessava a sala do trono, passando por homens e mulheres importantes, de duas nações, deu-se conta de que era a primeira vez que tanto Vere quanto Akielos se reuniam para testemunhar uma ascensão. Uma verdadeira união, pensou. E, então, chegou à pessoa que o esperava.

    O rei Laurent estava vestido de dourado, com a cabeça coroada em ouro, as roupas de seda cor de marfim e dourado, um jovem rei resplandecente. O rapaz brilhava tanto que os olhos de Charls marejaram, só de olhar.

    – Majestade – disse Charls, abaixando bem o corpo ao fazer uma mesura.

    – Charls – disse seu rei. – Quero que você conheça alguém.

    Quando o mercador se ergueu, notou que outra figura muito importante estava vindo em sua direção, e a primeira impressão que teve foi apenas de realeza: trajes akielon esvoaçantes, poder, coroa de louros.

    – Damianos de Akielos – anunciou Laurent.

    Charls ergueu os olhos, então ergueu mais e mais, dirigindo-os àquele rosto habitual, de uma beleza terna, àquele sorriso e àqueles olhos que ele conhecia tão bem.

    – Lamen – disse Charls, com um tom chocado –, por que você está vestido de rei?

ESCRAVIZADO DE ESTIMAÇÃO

CAPÍTULO UM

Ancel foi virgem nas doze primeiras vezes que fez sexo. Na décima terceira vez, isso se tornou completamente desprovido de verossimilhança.

Então ele tentou algo diferente.

– Não posso. O lorde Arten detém meu contrato.

– Ah, porra. Você é escravizado de estimação de um nobre.

A voz às suas costas estava mais excitada do que nunca. Ancel conseguia sentir o pau duro do filho do mercador roçando-lhe através das camadas de tecido. Escravizados de estimação eram mercadorias exclusivas, e aqueles sob contrato eram considerados proibidos.

– Você poderia me comprar.

– Por quanto?

Ele inventou uma quantia. Não existia nenhum lorde Arten. Ancel conseguiu seu primeiro contrato naquele dia: três meses de seu tempo, a serviço do filho do mercador. No final desse contrato, ganhou um peridoto de presente. Da cor de seus olhos, verdes como esmeraldas. Mas não tão caros quanto as joias.

Ainda.

◆ ◆ ◆

O criado que o vestiu lhe ensinou o que precisava saber sobre roupas, e a etiqueta foi fácil. Observar e imitar ou, então, criar suas próprias regras. Nos bordéis de Sanpelier, ele já havia aprendido a pergunta mais importante: Quem é o homem mais rico daqui?

Ancel recusou a primeira leva de propostas por seu contrato. Deixou que o filho do mercador desfilasse com ele a tiracolo, que o exibisse, deixou que o desejo fosse construído entre os conhecidos com que comiam durante o dia e entre os jovens impetuosos com que bebiam durante a noite. O homem mais rico da província era Louans, o magnata do comércio, e Ancel sabia que o filho do mercador e seu pai estavam à procura de um presente para dar início às negociações com ele.

– Dê-me de presente – sugeriu Ancel, em cima dos lençóis, o corpo ainda corado, o cabelo ruivo bagunçado e molhado de suor.

– Como é? – perguntou o filho do mercador.

– Dê-me de presente para Louans. Por uma noite. Vou conseguir fechar esse seu acordo.

Como a única joia que Ancel possuía não era nada impressionante, não usava acessórios nem pintura quando foi levado aos aposentos de Louans. Não usava nada, a não ser uma peça de seda verde enrolada na cintura, quando se esparramou na cama.

Louans era um homem de 46 anos, mais do que o dobro da idade de Ancel, que jamais havia entrado em uma residência tão grandiosa quanto aquela. Achara que o filho do mercador era rico quando o viu pela primeira vez no bordel. Pensara: este é o homem mais rico da província. Naquele momento, sabia que sua própria experiência do mundo era limitada. A casa inteira do mercador era do tamanho do saguão da casa de Louans.

O coração de Ancel bateu mais forte quando Louans entrou, um vulto escuro parado à porta. O magnata era dono daquela residência e de tudo o que havia dentro dela: os castiçais de ouro, as refinadas tapeçarias com cenas de caças e jardins, os azulejos em mosaico, a seda verde sobre a cama. E o que estava deitado debaixo dela.

– Você me fez esperar – disse Ancel.

O rapaz sentiu a cama afundar conforme Louans sentava-se ao lado dele.

– Seu dono escolheu bem o presente. Gosto de coisas raras. – Louans esticou o braço, em um gesto espontâneo de posse, e segurou um cacho de cabelo de Ancel entre os dedos. – É tudo ruivo?

– Adivinhe – disse Ancel. Então, encarando Louans nos olhos, pegou a mão do homem e a guiou para baixo, por baixo da seda. – Consegue saber só de sentir?

A proposta chegou dois dias depois. Um ano de contrato, pagando dez vezes mais do que o filho do mercador.

Ancel sorriu. Louans continuava sendo apenas um mercador. Mas o homem frequentava festas com aristocratas e, portanto, Ancel passou a ter uma noção de escala.

◆ ◆ ◆

Chegou à reunião do lorde Rouart de braço dado com Louans, e todos no recinto se viraram.

Só os mais ricos entre os mercadores tinham escravizados de estimação, imitando os costumes da aristocracia. Escravizados de estimação eram um símbolo de prestígio. Não apenas porque o contrato de Ancel custava caro, mas porque isso também se aplicava a suas roupas e joias, presentes constantes que a tradição exigia que o dono esbanjasse com ele. Ser dono de um escravo era uma ostentação de riqueza pura e simples: "Olhe só pelo que posso pagar".

Nenhum mercador que Louans conhecia podia pagar por Ancel. Todos falavam dele. "Eu pagaria uma fortuna para tê-lo" e "Você precisaria ter uma fortuna. Aquele é o escravizado de estimação de Louans".

Ancel gostava da atenção e gostava dos presentes. Gostava da sensação de sedas, peles e veludos em sua pele. Gostava de ser cuidado por seus próprios criados. Gostava do fato de as joias serem caras e raras. Ganhou três esmeraldas para usar nas orelhas, uma corrente de prata para os tornozelos, um pingente para usar ao redor do pescoço. Guardava tudo em um porta-joias, outro presente. O objeto era incrustado com madrepérola. Também guardava ali o velho e único peridoto, mas bem no fundo.

Havia emulado um sotaque melhor, para disfarçar sua cadência provinciana, o que fez os fofoqueiros irem à loucura. Era um escravizado de estimação estrangeiro, era um escravizado de estimação da corte, era o filho mais novo de um aristocrata passando-se por escravizado de estimação só por diversão. Tinha as orelhas furadas, três espetadas doloridas. O cabelo continuou comprido, mas foi cortado em um estilo da moda. Seu corpo era banhado, ele ia à sauna e era depilado. E, à noite, quando atendia Louans na intimidade, era lavado de forma muito mais íntima e lubrificado com óleo para permitir que Louans o penetrasse deslizando, com facilidade.

Ali, quando olhava para si mesmo no espelho, não via mais o menino do bordel que podia ser possuído em troca de algumas moedas, mas algo mais caro, mais polido e mais desejável, em especial quando seu rosto era rebocado com pintura.

Via a mesma coisa naquele momento, refletida no brilho de cobiça dos olhos do lorde Rouart.

Louans fez uma mesura exagerada para o lorde Rouart, que era bem superior ao magnata em termos de posição e mais rico também; o anfitrião dos divertimentos daquela noite.

Ancel não se curvou. Apenas encarou o lorde Rouart. Quando Louans se abaixou, os dois se entreolharam.

Atrás do lorde Rouart, esparramado em um divã feito um enfeite, estava um escravizado de estimação deslumbrante, coberto de diamantes, de cabelos castanhos e que devia ter uns 19 anos. Olhava para Ancel com um ar de tédio refinado, um olhar longo e perscrutador, como se não tivesse se impressionado nem um pouco com a qualidade das joias, das sedas e da pintura de Ancel. Sob o tédio, havia uma inveja soturna.

Ancel murmurou uma desculpa e foi sozinho para os jardins iluminados por lamparinas. Já sabia a resposta para a pergunta: Quem é o homem mais rico daqui?

E como previsto...

– É o escravizado de estimação de Louans – disse o lorde Rouart, passando com seus companheiros.

Ancel se viu cercado pelo lorde Rouart e seu grupo, uma reunião de integrantes da pequena nobreza.

– Nunca comi um ruivo – contou lorde Rouart.

– Experimente-me – disse Ancel.

Um silêncio elétrico, aquela estática extasiante que precede um raio durante uma tempestade. Ancel havia escandalizado até mesmo aqueles cortesãos fatigados. Um escravizado de estimação que seria infiel ao contrato?

– Experimentar você? – perguntaram, em tons chocados.

Era uma insolência deliciosa, dançar no limite do terreno, quando todos ali estavam entediados.

– Coloque seu escravizado de estimação na arena comigo. Vou fingir que ele é você.

Risos divertidos escaparam de um dos integrantes da pequena nobreza. Ancel só tinha olhos para o lorde Rouart. Tinha conquistado a atenção de todos ali e sabia disso. Eles não sabiam o que pensar a respeito dele. A imprevisibilidade excitava aquelas pessoas.

– Nunca fiz isso em público antes – comentou Ancel. – Você seria meu primeiro.

Ele foi aprontado em uma antecâmara. Pela porta, que estava entreaberta, conseguia vislumbrar a arena improvisada. Cadeiras formavam um círculo sobre o chão de azulejos em mosaico. A atmosfera era abafada, libidinosa, e os aristocratas murmuravam entre si suas expectativas devassas.

Sua primeira apresentação.

Ancel sabia o que acontecia na arena. Escravizados de estimação trepavam. Às vezes, fingiam lutar primeiro. O que ficasse por cima ganhava o direito de comer o outro. O que ficava por baixo fingia gostar, fingia odiar ou fingia odiar e depois gostar, dependendo de seu próprio estilo de atuação e da impressão que tinha do clima do recinto.

Quando foi trazido diante do público, Ancel vislumbrou sedas, cochichos tapados por mãos na frente das bocas. O lorde Rouart havia se sentado no melhor lugar, bem à frente.

Ancel percebeu na mesma hora que a plateia gostou dele, em parte porque era novo, em parte por sua aparência – em parte porque a história do desafio que propôs ao lorde Rouart se espalhara feito um incêndio. A plateia também dava a impressão de ter gostado do escravizado de estimação do lorde Rouart, aquele garoto emburrado, coberto de diamantes, que – pelos assovios e comentários – era um dos favoritos da plateia.

Ancel, por outro lado... Ele não estava mentindo quando dissera que nunca havia praticado sexo em público. Louans gostava de fazer isso no quarto, com o rosto de Ancel virado para baixo. O filho do mercador, certa vez, o apalpara, bêbado, em uma reunião pública, mas não fizera muito mais do que o roçar. Nos bordéis, na maioria das vezes, foi atrás de uma cortina.

O coração batia com força. Ancel sabia o que precisava fazer. Sendo assim, entrou direto na arena, dispensando o criado, e disse para o menino dos diamantes, com um tom frio:

– Tire a roupa.

A plateia gostou – houve gritos de incentivo, aplausos. Ancel esperava ouvir um "Obrigue-me", mas o menino fazia os próprios joguinhos, porque, em vez de se recusar, encarou Ancel nos olhos, levou a mão às amarrações da camisa e a abriu, de propósito.

O tecido deslizou por um dos ombros. Bastou um mísero movimento da seda para que tudo caísse, menos os diamantes. Ninguém estava olhando para Ancel.

– Você não vai roubá-lo de mim, sua vadia – ameaçou o garoto, de um jeito meigo, murmurando as palavras tão baixo que ninguém mais ouviu.

– Tarde demais – disse Ancel.

De certa forma, os primeiros estágios foram desempenhados de maneira mecânica. Os dois sabiam como dar àquilo uma aparência sensual em vez de profissional e, por isso, posicionavam-se de modo a exibir o melhor ângulo possível. O escravizado de estimação do lorde Rouart brilhava, as bochechas coradas, dando gemidinhos ofegantes. Era por isso que era um favorito do público. Todos queriam trepar com ele, ser o homem que o faria soltar aqueles ruídos.

A pulsação de Ancel estava ficando acelerada, desvairada, não apenas devido à atuação do outro escravizado de estimação, mas pelo que ele próprio estava prestes a fazer.

Empurrou o rosto do garoto até encostá-lo no chão de peroba polido e se posicionou.

Em seguida, ergueu os olhos, olhou bem no fundo dos do lorde Rouart e disse, alto o suficiente para que todos os nobres da plateia ouvissem:

– Abra as pernas, Rouart.

Ancel sentiu que o escravizado de estimação debaixo dele deu um pulo de susto, mas o forçou para baixo de novo. A plateia foi à loucura, uma reação selvagem de choque, porque se deu conta do que estava prestes a acontecer. "Coloque seu escravizado de estimação na arena comigo. Vou fingir que ele é você." Ancel afastou as pernas do menino e ouviu uma voz risonha dizer:

– Acabe com ele, ruivo.

Conseguia ver o rosto do lorde Rouart, excitado, humilhado e furioso em igual medida, e teve certeza de que o tinha conquistado. O lorde Rouart iria fazer um lance por ele – Ancel estava prestes a fodê-lo na frente de todo mundo. E os rivais de Rouart também fariam seus lances, pelo mesmo motivo.

– Você dá feito um escravizado de estimação – disse Ancel.

Então fechou os olhos quando meteu. A sensação foi, de fato, boa. Ainda mais quando tornou a abrir os olhos e viu que o lorde Rouart continuava encarando-o com violência nos olhos.

Deixou que o som do desejo saísse de sua garganta por vontade própria. Sons ritmados.

– Hmmm. Ãnh. Hmm. – Deleitando-se com prazer.

Será que era assim que os homens se sentiam quando o comiam? Não era para menos que pagavam uma fortuna.

– Toma. Isso, assim.

Tinha conquistado a atenção excitada e escandalizada da plateia. Conseguia sentir o quanto estavam gostando. Comendo o lorde Rouart, comendo todos os lordes que estavam ali. Ser observado por todos enquanto trepava era como uma luz branca ofuscante.

Ancel tirou o pau – virou o garoto para cima –, mirou o próprio pau para baixo com a mão e gozou na cara do outro escravizado de estimação, melecando seus cílios compridos.

O recinto irrompeu em palmas, vivas, gritando o nome de Ancel. Pôde ouvir gritos de sugestões e exclamações obscenas para o lorde Rouart, no auge da excitação da plateia.

Sentiu-se estremecer de triunfo e teve que ignorar a sensibilidade do orgasmo, que ainda persistia em seu corpo, quando se levantou, as pernas bambas.

– O que achou dele? – gritou alguém da plateia, achando graça de tudo aquilo.

Ancel lançou um único olhar provocativo para o lorde Rouart e respondeu, fingindo para a plateia:

– Já tive melhores.

O rugido acalorado transmitido pelo olhar que o lorde Rouart lhe lançou em resposta foi como uma vitória.

Claro, Ancel ainda precisava cumprir os seis meses de contrato que restavam com Louans. Quem fizesse um lance precisaria da concordância tanto de Louans quanto de Ancel para conquistar o contrato. Mas Ancel aceitaria a oferta mais alta – se desdobrara para isso, mal podia esperar –, e Louans era um reles mercador. Não iria dizer "não" para um lorde.

Nas laterais da arena, Ancel foi enrolado em uma seda transparente. Sentiu o toque do tecido na pele, que ainda estava sensível, antes de ser levado para uma antecâmara, uma guerra de lances explodindo atrás dele.

Dentro da antecâmara, fechou os olhos, respirou, sorriu. Estava pronto quando Louans entrou, logo atrás.

– Parabéns – disse Louans, só com um pouco ressentido. Podia até ter sido ludibriado pelo próprio escravizado de estimação, mas o acordo, no geral, o beneficiara. – Sua carreira está feita.

– Quem deu o maior lance? Rouart? Ou um de seus rivais?

– Nem um nem outro – respondeu Louans. – Foi o lorde Berenger.

– *Berenger?* – repetiu Ancel. Não conhecia aquele nome. Achava que conhecia todos naquela região. – Não o conheço.

Repassou os homens que havia visto naquela noite, os espectadores que ficaram nas arquibancadas. Qual deles seria o lorde Berenger?

E aí ouviu a quantia que tinha sido oferecida, e seus olhos se arregalaram. Um ano de contrato, com um aristocrata, e um pagamento que correu pela boca do povo...

– Ele lhe deu uma semana para se despedir e resolver qualquer assunto pendente – disse Louans.

– Não. Leve-me aos aposentos dele agora mesmo – disse Ancel. – Ainda esta noite.

❖ ❖ ❖

Ancel foi conduzido por uma série de três antecâmaras na penumbra, depois o fizeram esperar, na companhia de um velho criado chamado Parsins, diante de uma grande porta de madeira.

Conseguia sentir as faíscas do sucesso, a expectativa que acelerou sua pulsação e fez seu coração bater mais forte. A sensação era de validação. O clímax do que fizera dentro da arena. Estava prestes a conhecer seu novo dono, e seu novo dono estava prestes a comê-lo.

Lavara apenas o necessário e continuou usando as sedas da arena, as afrouxando de leve, e deixara a pintura um pouco borrada; os lábios e os cílios pesados de tanta tinta.

A porta foi aberta, e Ancel viu Berenger pela primeira vez.

Berenger era um homem de uns 30 anos, vestido de forma austera, com traços fortes e olhos castanho-escuros, que dirigia a um calhamaço de papéis que estava em cima da mesa. Estava bem barbeado, seguindo a moda atual, e o cabelo escuro era cortado curto. Tinha uma aparência séria, rígida até, a expressão de absoluta concentração.

O recinto em si era pequeno e íntimo, continha um divã e uma rica mesa de nogueira, com detalhes em pátina e pés afilados. A mesa estava coberta de papéis e era o foco da iluminação do recinto, três lamparinas, todas acesas.

Ancel apoiou o corpo na coluna da porta, de modo que a luz o tocasse de leve, e deixou que o traje de seda se abrisse e caísse até a cintura, mas não mais do que isso. Sabia qual era sua aparência, os contornos elegantes do corpo, os olhos verdes emoldurados por cílios sedutores, os mamilos levemente rosados com pintura.

– Então, você me viu na arena e decidiu que simplesmente precisava me possuir – disse Ancel.

Berenger tirou os olhos dos papéis.

– Não. Eu odeio a arena. – Disse essas palavras de forma objetiva. – Parsins, passe-me minha capa.

– Então bastou olhar para mim – disse Ancel.

– Falei para Louans que você tinha uma semana para resolver seus assuntos pendentes. – Berenger voltou a se dedicar aos papéis que estavam em cima da mesa e foi vestindo a capa que Parsins lhe estendia.

– Não consegui ficar longe assim que soube que era você.

Ancel entrou no recinto, a pele refrescada, a seda quase caindo dos ombros, feito uma flor esperando ser colhida. Sentiu a pulsação da possibilidade que pairava entre duas pessoas naquele quarto pequeno e íntimo, o corpo preparado e pronto.

– Minha criadagem voltará para Varenne hoje à noite. Você pode ir junto. Vou a cavalo a Ladehors. Parsins vai providenciar tudo de que você precisar: roupas, joias.

Ancel pestanejou.

– Sua criadagem vai voltar para Varenne... mas você, não?

– Quantos anos você tem? – perguntou, como se Ancel não tivesse dito nada.

– Dezesseis.

Berenger lhe lançou um olhar de desconfiança.

– Vinte – disse Ancel, a verdade brotando com uma pontada de irritação, e ele precisou se esforçar muito para não deixar que transparecesse em sua voz. Percebeu o tom levemente rabugento e desenrugou a testa de modo proposital.

– Louans foi seu primeiro contrato?

– Não. Eu... tive outro. Um mercador da região. Durante três semanas. – Ele se sentia descompensado. Havia cometido um erro ao contar? Ter um contrato com um mercador da região não lhe parecia nem um pouco atrativo.

– E você? – prosseguiu, tentando remediar, sua voz mais aveludada. – Agora que me possui, o que vai fazer comigo?

– Vou viajar para Ladehors. – Berenger estava passando reto por ele, estava... por acaso estava *indo embora*? – Parsins vai lhe ajudar a se instalar no forte. Chego lá em duas semanas. Boa noite.

Ancel ficou apenas olhando Berenger sair porta afora. A porta foi aberta e fechada, assim como a boca de Ancel quando foi deixado ali, parado apenas com Parsins, em uma ala vazia da residência.

CAPÍTULO DOIS

De uma só vez, Ancel identificou o erro que havia cometido. Berenger era sério. Suas roupas eram sérias. Seus criados eram sérios. Seu forte era sério. Ancel não precisou que Parsins lhe dissesse isso, pois pôde perceber tudo no instante em que chegaram. Ali havia uma biblioteca repleta de épicos de Isagoras e de outras pessoas entediantes. Ali havia estábulos repletos de cavalos nada atrativos, que faziam parte do programa de criação de equinos de Berenger.

Os aposentos de Berenger eram absolutamente austeros; os móveis, caros mas não extravagantes; as roupas, escuras e sóbrias, projetadas para não chamar atenção.

É claro que Berenger não havia esboçado reação à sofisticação e à libertinagem, um escravizado de estimação saído direto de uma arena, suando joias e pintura. Ancel vira com os próprios olhos que Berenger possuía seis cópias idênticas da mesma capa marrom.

Assim, Ancel na mesma hora se afundou na monotonia. Parsins falou de bom grado: Berenger dava preferência a comidas comuns, carnes e pães simples; os cavalos de Berenger eram o centro de suas atenções, seu cavalo de caça preferido era uma égua cinza manchada; nas amizades, Berenger valorizava a lealdade acima de todas as qualidades.

Fazendo com que cavaleiros ficassem de vigia todos os dias, Ancel foi o primeiro a ser informado de que Berenger estava voltando para casa e foi logo tirando a pintura do rosto e trocando de roupa.

Em seguida, posicionou-se sentado em uma cadeira, em uma das antecâmaras mais próximas dos aposentos de Berenger, e ficou esperando, com a lareira acesa, uma lamparina brilhando ao seu lado e um dos grandes livros com iluminuras da biblioteca de Berenger aberto no colo.

Trajava uma camisa solta feita de linho branco simples e calças sem detalhes, o cabelo ruivo preso em um rabo de cavalo despojado, preso com um único laço de couro. Ele olhou para cima quando ouviu o som de passos e, então, logo se levantou, fechando o livro. Um rapaz nada afetado, erguendo-se, surpreso, para cumprimentar um amigo.

— Meu amo — disse Ancel. — Desculpe-me, eu... você me pegou de surpresa.

— Não. Não tem problema. Eu voltei antes do previsto.

Berenger demorou-se a olhar para Ancel, examinando sua nova aparência, e Ancel pensou "Acertei na mosca".

— Você está... quase não o reconheci — disse Berenger —, sem toda aquela...

— Ah, isso? — Uma mão no cabelo preso de qualquer jeito. — Não estava esperando que voltasse tão cedo. Posso me trocar e colocar algo mais...

– Não. Você está bonito. – Berenger parou e sacudiu a cabeça de um lado para o outro. – Quer dizer, quando não estivermos em ocasiões sociais, você deve ter liberdade para se vestir como bem entender.

– Obrigado, meu amo – disse Ancel.

Foi Berenger quem deu um passo à frente.

– Está lendo Isagoras? – O lorde olhava para o livro posto de lado com suas páginas cheias de arabescos. Surpreso, ele olhou para Ancel. – O que pensa a respeito dele?

Ancel não sabia ler, mas havia planejado tudo aquilo no instante em que Parsins chamara sua atenção para o livro.

– Nunca vi os penhascos brancos de Ios, mas acho que devem ser lindos.

Os olhos de Berenger ficaram uma fração mais ternos. Ancel foi logo dando um passo à frente.

– Meu amo, eu não deveria estar desperdiçando seu tempo com poesia. Deixe-me pegar isso para você... – Então tirou a capa de equitação das mãos de Berenger. – Já comeu? Posso pedir uma refeição leve.

E já estava pedindo que trouxessem comida, nada gorduroso nem refinado, como teria pedido para Louans, mas a refeição comum da qual, agora sabia, Berenger gostava: pães recém-assados, queijo e carnes, uma cidra local simples.

– Fique e coma comigo – disse Berenger.

Ancel comeu aquela comida comum com as boas maneiras de um filho de mercador, sem nada daquele flerte sedutor que caracterizava sua própria profissão. Os dois conversaram sobre Isagoras.

Como Ancel já ouvira outros homens tagarelando a respeito do escritor épico, sabia exatamente o que dizer. Quando não tinha o que dizer, sabia como encarar Berenger nos olhos e lhe fazer perguntas.

Depois disso, Ancel ficou de pé e declarou que Berenger precisava descansar. O lorde deu um sorriso taciturno e disse que ele tinha razão, mas que torcia para que os dois pudessem voltar a conversar. Assim, desculpando-se pelo cansaço e com uma expressão genuinamente arrependida, Berenger saiu e foi para a cama.

◆ ◆ ◆

No dia seguinte, Ancel foi até os estábulos. Movimentou-se em meio à poeira, aos cheiros desagradáveis e aos ruídos horrorosos. Ignorou todos os seus instintos, que gritavam, mandando-o meter o pé dali, e se colocou na baia de uma égua cinzenta e sarapintada. Quando o animal encostou o focinho em seu peito, o escravo suou frio e depois se obrigou a colocar a mão em seu pescoço.

Não demorou, e uma voz conhecida falou:

— Ela é linda, não é?

— Ela é maravilhosa. — Ancel sentiu a presença de Berenger na baia, atrás dele.

— Você anda a cavalo?

— Não. Quer dizer, sempre quis aprender, mas nunca tive a oportunidade.

Berenger pôs a mão no pescoço da égua, perto da de Ancel.

— Eu poderia ensiná-lo.

— É mesmo? Eu adoraria – disse Ancel.

◆ ◆ ◆

Ele acordou na manhã seguinte com o corpo gritando em protesto. Tinha a sensação de que umas poucas horas andando a cavalo haviam deixado cada músculo de suas coxas e costas em agonia. Mancou de um lado para o outro nos próprios aposentos, xingando todos os animais, mas sorriu e se obrigou a andar normalmente quando desceu para tomar o café da manhã. A cada vez que se levantava ou se sentava, disfarçava o estremecimento de dor.

– Um pouco dolorido? – perguntou Berenger.

– Um pouco. – Ancel sorriu. Pensou que ainda podia estar fedendo a cavalo e ignorou a ideia.

Criados trouxeram o café da manhã, uma seleção de iguarias diversas. Ancel teve vontade de comer o bolo, mas pegou o pão chato e o comeu. Berenger se recostou na cadeira, observando Ancel com um ar de aprovação.

– Acho maravilhoso você querer aprender a andar a cavalo.

– Ouvi dizer que, às vezes, escravizados de estimação acompanham a nobreza nas caçadas – disse Ancel.

– Para isso você vai precisar ter um bom caçador. Tenho uma égua que, a meu ver, será perfeita para você, uma ruão rubra. Seria uma honra possuí-la – disse Berenger. Em seguida: – O que foi?

– É seu primeiro presente – respondeu Ancel, com um sorriso meigo, contendo a comoção da vitória. – Meu amo.

◆ ◆ ◆

Aconteceu na biblioteca, uma noite, várias semanas depois, quando Berenger estava falando de política. Ancel assentia com a cabeça e meio que prestava atenção enquanto Berenger dizia: "Blá-blá-blá o príncipe", "blá-blá-blá a aliança com Akielos"... Então, quando o amo ficou em silêncio por alguns segundos, Ancel olhou para Berenger com sinceridade.

– Você quer ser leal ao príncipe – disse Ancel –, mas os boatos o preocupam.

Berenger o encarou, surpreso.

– No fim, não estamos todos procurando alguém a quem dedicar nossa lealdade? – perguntou Ancel, baixinho.

Houve um bom tempo de nada além do ruído das chamas, que vinha da lareira próxima, e da ternura nos olhos castanhos de Berenger.

– É isso o que você quer? – perguntou ele.

– É isso o que pensei que jamais encontraria – respondeu Ancel –, até conhecer você. – E então, finalmente, estava acontecendo, aquilo finalmente estava acontecendo. Os dois se aproximaram à luz da lareira, os braços de Ancel enlaçaram o pescoço de Berenger, ele se inclinou para...

– Ancel... *não*.

Ficaram se fitando a dois passos de distância. O que havia dado errado? Ancel interpretara Berenger corretamente. Tinha certeza de que o interpretara corretamente.

Fez-se um silêncio terrível, constrangedor.

– Você deve ter feito suposições – Berenger foi o primeiro a falar, sem olhar para Ancel –, porque fiz um lance por você na arena, mas eu...

Por um instante, Ancel não compreendeu. E, então, de repente, as rejeições e recusas fizeram sentido.

– Não precisa ser como foi na arena – falou Ancel, às pressas. Aliviado por ter descoberto a raiz do problema. E então foi logo tranquilizando Berenger: – Não precisa ser eu quem faz aquilo.

Esperou que o lorde compreendesse, mas este não deu indícios de tê-lo feito.

– Você pode me comer – explicou Ancel. Berenger arregalou os olhos. Será que falara algo errado? – Sempre fiz assim antes. É nisso que sou bom. – Isso também não foi a melhor escolha. – Quer dizer, eu o desejo. – Essa foi melhor. Deveria ter dito isso primeiro. – Eu o desejo. – Aproximou-se de Berenger, um passo, tornando aquilo tudo mais íntimo. – Como você me deseja.

– Ancel, você não precisa...

– Já falei, eu *quero* que você...

– Não é isso o que *eu* quero.

– Então *o que* é que você quer? – perguntou Ancel, com a mais pura frustração.

Aquilo simplesmente escapou. Em parte, Ancel sabia que deveria ficar horrorizado consigo por permitir que a irritação transparecesse de modo tão claro em sua voz e feições.

Mas, por outro lado, havia se esforçado tanto, durante semanas, naquela tentativa infrutífera de conquistar um homem que demostrava tantas reações quanto uma parede sem nenhum elemento decorativo.

Ele pensou em todos aqueles passeios a cavalo intermináveis, nas fatias de pão sem graça, em Isagoras e em todos os livros chatos que Berenger havia recomendado, os quais ele fingiu ter lido. Quando deu por si, estava com as mãos na cintura, olhando com raiva para Berenger, que o encarava de volta.

– Daqui a seis semanas – começou a dizer Berenger –, começarei a frequentar a corte. Sendo um homem solteiro, preciso de um escravizado de estimação para me acompanhar a jantares e outros eventos. Por uma questão de decoro. Só isso. Não espero intimidade dentro de casa. Na verdade, prefiro que, dentro de casa, você... que eu e você...

– *Corte?* – Como uma flor que se inclina na direção do sol, toda a atenção de Ancel se voltou para esse pensamento. Mal ouviu o restante. – Você vai me levar para a corte?

– Vou.

– A corte real? Em Arles?

– A própria.

Por um instante, Ancel ficou envaidecido, pensando na capital: o centro da moda, do divertimento, da aristocracia e da elite veretiana. E então recordou na companhia de quem estaria.

– Bem, vou precisar de muito mais joias – disse, a irritação de repente voltando. – Sei que você gosta de rapazes tediosos de camisa de algodão, mas não posso andar pelo palácio vestido desse jeito.

Berenger tornara a olhar para Ancel sem sequer piscar, como se ele fosse um desconhecido que via pela primeira vez.

Ancel ergueu o queixo.

– Que foi? Eu pretendo aproveitar ao máximo nossa estadia na corte. Sou *inacreditavelmente bom* na profissão que escolhi. Não que você saiba o que isso significa.

– É possível que eu só tenha me dado conta de como é bom neste instante. – Berenger ainda fitava Ancel com aquele olhar diferente. Depois de um bom tempo, perguntou: – Você ao menos gosta de cavalos?
– Eu não sei ler – disse Ancel.
– Entendo – disse Berenger.

◆ ◆ ◆

Na manhã seguinte, Ancel jogou fora a camisa branca simples e o cordão de couro singelo com o qual prendia o cabelo e desceu para tomar o café da manhã com as roupas que gostava de usar: sedas e veludos refinados que passavam uma sensação boa em contato com a pele, e o cabelo arrumado, comprido e solto.

Berenger não disse "entendo", mas isso ficou subentendido no peso do olhar que dirigiu para Ancel, do outro lado da mesa.

Ancel ergueu o queixo, ignorando todas as comidas pouco inspiradoras de que Berenger gostava e mordendo uma tortinha de frutas. Já que o tédio, andar a cavalo e a poesia não haviam funcionado, ele não perderia mais seu tempo com isso. Iria frequentar a corte… a corte! Aquele era o centro dos eventos e da moda, e o rapaz estaria rodeado dos lordes mais ricos de Vere.

– A égua que escolhi para você chegou – disse Berenger. – É uma ruão rubra chamada Rubi. Fico me perguntando se você gostará dela ou não.

– Gosto de rubis de verdade – rebateu Ancel.

– Entendo – disse Berenger.

Quando a ourives chegou, Berenger simplesmente falou:
– Mostre para ele o que tiver de mais caro.

De sua parte, Ancel parou de tentar seduzir Berenger e começou a se divertir. Fizera o lorde lhe comprar roupas e joias novas e só se ocupava com os preparativos para seu debute na corte, enchendo Parsins de perguntas a respeito de todas as novas modas.

Berenger continuou sendo entediante e sério, mas fez bem à reputação de Ancel o fato de ele não possuir outros amantes. Ancel era o único escravizado de estimação de Berenger e não corria perigo de ter um rival. Seu lorde passava as noites lendo e depois ia se deitar sozinho. Talvez Berenger preferisse a companhia de mulheres. Ancel suspeitava de que Louans fosse assim, já que gostava que ele ficasse com o rosto virado para baixo e de cabelo solto. Os escravizados de estimação encarnavam esse papel o tempo todo. Também existiam bordéis para esse tipo de coisa. Mas era bem típico de Berenger manter o celibato com os pés juntos em vez de frequentar lugares assim.

Ancel sabia disso por causa dos intermináveis passeios a cavalo pelos vilarejos da região, nos quais Berenger continuava insistindo a Ancel que o acompanhasse. Todos os plebeus da província tinham histórias a contar a respeito do lorde. Berenger se lembrara do nome do filho da prima de um deles; Berenger ficara com eles durante o parto de seu potro mais cobiçado; Berenger os ajudara a comprar equipamentos quando eles não tinham nada, o que salvou a colheita. Talvez o motivo de Berenger não ter amantes era o fato de estar cansado demais, depois de conhecer todas as pessoas da província e decorar o nome de todas elas.

— A corte — começou a explicar Berenger para Ancel, dois dias antes de partirem — é bem diferente, os divertimentos podem ser... um tanto libertinos...

— Já vi outros escravizados de estimação trepando — disse Ancel. — Sou um deles. Lembra? Posso lhe tapar os olhos se você ficar chocado.

— Não. Quis dizer que, desde que o rei morreu, a corte mudou — disse Berenger, sacudindo a cabeça. — A influência do regente...

— Você se preocupa demais — disse Ancel.

CAPÍTULO TRÊS

Ancel lembrou-se de quando andou pelas galerias da casa de Louans pela primeira vez, da sensação de arrepio que teve quando parou no maior recinto que já tinha visto na vida.

O palácio era assim. Ia além de todas as imagens que Ancel havia criado na cabeça. Ele desceu da carruagem de Berenger e olhou para cima. As torretas, que ficavam no alto, eram brancas e douradas e davam a impressão de brilharem à luz, como as bandeiras cintilantes que tremulavam, surgindo sobre Arles. Havia esculturas de pessoas, quilômetros de janelas e grandes escadarias que levavam cada vez mais ao alto.

Foi uma emoção quando a criadagem do palácio saiu para recebê-los, quando foram conduzidos pelas galerias e subiram a larga escadaria de mármore até chegarem aos aposentos onde se hospedariam, dois criados abrindo a porta dupla.

Do lado de dentro, os aposentos palacianos de Berenger eram gloriosos: cômodos e mais cômodos que fluíam de um para o outro, com pé-direito alto, paredes, tetos e chãos ornamentados, estes com azulejos azuis e dourados, e uma segunda porta dupla dourada, que era coberta de relevos entalhados retratando os estágios de uma caçada.

Ancel quase entrou em um torpor, impressionado demais para fingir indiferença. Criados o acompanhavam, abrindo armários incrustados com pedras preciosas e arrumando os pertences dos dois. Ancel ia de um lugar para o outro, maravilhado com cada ornamento. Berenger apontou para o quarto que ficava logo além e disse:

– É o seu.

– O meu?! – indagou Ancel, que se atirou, todo feliz, no meio das almofadas e da seda esvoaçante que havia em cima da cama, pensando que, daquele momento em diante, sempre moraria em ambientes belos, iguaizinhos àquele.

Quando se virou de frente para o quarto, viu que Berenger o observava.

– Que foi? – perguntou Ancel.

– O luxo combina com você – comentou Berenger.

– Também acho – concordou Ancel, eufórico.

O rapaz obrigou os criados a vesti-lo com especial capricho, usando seda translúcida e joias, a pintura no rosto brilhando dourada. Ancel vislumbrava a si mesmo e Berenger de quando em quando nas superfícies lustrosas a caminho da sala de apresentação. Juntos, eram a verdadeira imagem do que um escravizado de estimação e seu amo deveriam ser: Berenger austero e sério, ao lado de uma espetacular e cintilante ostentação de sua própria riqueza.

O ambiente estava lotado de cortesãos, a maioria se concentrando perto do trono. Berenger era apenas mais um dos vários recém-chegados que seriam recebidos pelo regente, apesar de ser um dos mais importantes. Ancel tinha plena consciência – e estava orgulhoso disso – de cada par de olhos que se fixava nele, sua beleza se sobressaindo da melhor forma possível. Ele logo identificou os escravizados de estimação, e ficou satisfeito ao ver vários deles cochichando, tapando a boca com a mão e lhe lançando olhares cheios de inveja.

A maioria das pessoas olhava para ele, e não para Berenger, e nenhum outro escravizado de estimação no salão recebia tanta atenção. Ancel era capaz de ouvir os murmúrios, as especulações: quem era o novo escravizado de estimação? Como foi que veio a servir Berenger?

O regente era uma visão de sedas reais com barra de arminho, já que – sendo Ancel um escravizado de estimação – a etiqueta ditava que mantivesse os olhos fixos no chão. Berenger se aproximou, se ajoelhou e murmurou algumas palavras. Ancel se manteve vários passos atrás, fazendo reverência de cabeça baixa enquanto isso, mas ainda assim ele foi apresentado. Em seguida, seu lorde se ajoelhou diante do príncipe, que estava de pé do lado esquerdo do trono, um rapaz severo com trajes inclementes.

Terminada a apresentação, os dois se afastaram do trono. O coração de Ancel estava nas alturas. Quase não ouviu quando Berenger lhe disse, constrangido:

– Hoje à noite, teremos um jantar e entretenimentos. Espera-se que eu e você, quer dizer...

– Por acaso tem medo de que eu fique tímido? – Ancel esticou o braço e enroscou o dedo nas amarrações apertadas que cruzavam o peito de Berenger, obrigando-o dar um passo à frente.

Quando os olhares de uma dúzia de cortesãos curiosos se

dirigiram aos dois, o rapaz passou o braço em volta do pescoço de Berenger e murmurou em seu ouvido:

— Farei todos os lordes deste palácio desejarem ser você.

"Terem vontade de ser você e desejarem fazer um lance por mim." Era tão fácil bancar o escravizado de estimação que Ancel reservou apenas metade de seus pensamentos ao flerte com Berenger, enquanto o restante absorvia as modas, os entretenimentos, e a atenção que estava recebendo de todos os lados.

O lorde Orsin parou perto dos dois e exigiu ser apresentado. Quando pegou na mão de Ancel, fez uma mesura exagerada e disse:

— Vejo que Berenger conseguiu arranjar alguém em quem vale a pena prestar atenção.

O lorde Droet olhou para Ancel sem pudor algum, do outro lado da mesa, ignorando o próprio escravizado de estimação.

— É verdade o que ouvimos dizer, sobre a história de Ancel e do lorde Rouart na arena? — perguntou o lorde Ralin.

— Seja lá o que tiver ouvido — respondeu Ancel —, eu fui melhor ainda.

— Berenger — disse o lorde Ralin, dando risada —, conte-me quando o contrato dele acaba. Estou louco para fazer um lance.

Entre uma coisa e outra, Ancel papariçou o lorde Droet apenas o suficiente para que visse com bons olhos as propostas comerciais de Berenger. Como *lady* Egere tinha uma criação de cavalos na qual Berenger estava interessado, Ancel fez a mulher se sentir a pessoa mais importante do mundo. E, quando todos estavam falando do príncipe e, de modo desconfortável, a conversa mudou de rumo para a nova aliança com Akielos, Ancel interveio e contou para a mesa inteira uma anedota erótica que ouvira a respeito das práticas na cama dos akielons, desviando a atenção. Até mesmo Berenger deu risada quando o rapaz chegou ao fim da piada.

– Berenger, seu azarão, você possui o melhor escravizado de estimação do recinto – disse o lorde Droet.

– E então? – perguntou Ancel, estonteado de prazer, quando entraram nos aposentos.

Berenger estava sorrindo e, no instante seguinte, debruçava-se sobre uma mesa lateral baixa, pegando alguma coisa, uma espécie de trouxa de seda cor de creme, a qual atirou para Ancel.

– Tome – falou, quando Ancel pegou a bolsinha de seda, que era surpreendentemente pesada. Ancel abriu os cordões e soltou um suspiro de assombro ao ver o que tinha dentro: um longo fio de esmeraldas. – Você mais que fez por merecer.

Eram lindas, um verde-escuro límpido e lapidado com formas geométricas lisas, que brilhavam de todos os lados. Naquele dia, Ancel vira os demais escravizados de estimação com suas joias e sabia que aquele fio era um presente tão rico quanto qualquer um deles teria.

– Adorei. – Ancel estava transbordando de felicidade e tinha a sensação de que esse sentimento era contagiante, que se derramava em suas palavras e no novo sorriso que Berenger exibia ao observá-lo. – Adorei – repetiu. – Eu dormiria com você agora mesmo. Poderia até gostar, pela primeira vez.

E se calou.

– Grande elogio – disse Berenger, seco.

– Claro, com você, eu...
– Ah, claro – murmurou Berenger.

◆ ◆ ◆

Pela manhã, Ancel atendia às necessidades de Berenger, seu dever de escravizado de estimação. Levava, talvez, meia hora para vestir o lorde Berenger da cabeça aos pés, ajeitando os tecidos e escondendo os nós das amarrações. E um tempo a mais para cuidar dos cabelos. Ancel gostaria de colocar algum detalhezinho aqui e ali, mas Berenger resistia a todas as suas tentativas de pôr uma joia, um enfeite ou cor em suas roupas. Um novo dia, uma nova capa marrom.

– De azul ou vermelho, você até que poderia ficar bem bonito. – Foi algo que Ancel percebera na terceira manhã, sob a luz das primeiras horas que entrava pela janela. Berenger tinha um perfil forte, uma boa estrutura óssea e olhos ternos. A cintura, onde Ancel trabalhava a amarração, era fina, e seu o corpo, em forma, de tanto andar a cavalo. – Deixe-me escolher sua capa.

– Você não gosta da minha capa? – indagou Berenger, achando graça.

– Aprecio mais o meu gosto do que o seu, óbvio – disse Ancel.

– Óbvio – repetiu Berenger.

O lorde não deixou Ancel escolher a capa. Os dois compareciam a jantares juntos. Tinham um bom sistema no qual Ancel surrupiava as iguarias deliciosas e as sobremesas especiais e deixava para Berenger todas as coisas sem graça que ele preferia comer.

Depois do jantar, Berenger tinha uma série de conversas

entediantes e sérias com outros lordes ou, então, sumia, indo participar de reuniões, enquanto Ancel gostava de ficar assistindo às apresentações dos escravizados de estimação ou perambular pelos jardins com algum de seus admiradores, cujo número não parava de crescer.

Vez ou outra, ouvia fofocas que sabia que Berenger iria apreciar e as contava para ele. Em uma das voltas que deu pelo jardim, fez uma descoberta que o obrigou a puxar o lorde pela mão algumas horas depois e a arrastá-lo para as profundezas dos jardins da cópula.

– Não acredito que você nunca esteve nos jardins da cópula. Você não sente desejo nenhum? Ande logo.

– Ancel, não acho que isso seja...

– Olhe, são as flores daquele poema chato de que você gosta – anunciou Ancel, com orgulho, e deteve-se na frente do ramo de flores brancas.

Berenger havia parado de andar. As flores se abriam à noite, lançando um aroma delicado no ar. Os olhos de Berenger absorveram aquela cena e, alguns instantes depois, ele se inclinou para a frente e, com toda a delicadeza, tocou em uma das flores.

– Você tem razão – concordou Berenger. – São muito lindas. E raras. No poema, o amante recebe apenas uma única flor de presente.

– Que presente terrível. Eu prefiro muito mais ganhar joias – disse Ancel, torcendo o nariz. – Ou roupas. Até a égua foi melhor.

Berenger retorceu os lábios e tirou os olhos das flores, com uma expressão terna, achando graça.

– Sim, você é um pouco mais caro.

◆ ◆ ◆

Como Berenger preferia ter conversas sérias, Ancel organizou pequenas reuniões noturnas nos aposentos dos dois, para as quais convidava apenas uns poucos conhecidos mais próximos do amo e solicitava apresentações mais contidas, de música e recitação de poemas. Óbvio que Ancel aspirava a conseguir um contrato realmente importante, mas estava aproveitando a vida ao lado de Berenger. Convenceu-se de que logo, logo começaria a ir atrás de possíveis pretendentes.

Certa noite, ao avistar Berenger na sacada dos aposentos, Ancel foi até lá e ficou parado ao lado dele, encostado na balaustrada enquanto observava os jardins na penumbra, onde lamparinas brilhavam.

– Você gosta mesmo daqui, não gosta? – disse Berenger.
– Por quê?
– Por... *tudo*. – respondeu Ancel. – Todas as modas mais elegantes, as pessoas mais poderosas. Aqui, todo mundo é importante. Não é um vilarejozinho, onde a gente nunca consegue ter efeito no mundo. Gosto de me sentir...

Parte do mundo. Dono do mundo. Detentor de poder sobre os homens que, caso quisessem possuí-lo, teriam que pagar uma fortuna. Mais valioso do que o cálice de vinho que Berenger tinha nas mãos ou do que o jarro de prata que o criado usara para servir a bebida. Importante.

– Talvez eu devesse pensar mais dessa maneira.
– O que você pensa?
– Penso que a única pessoa neste lugar que me mostra a verdadeira cara – disse Berenger – é você.

◆ ◆ ◆

Ancel podia ser útil para Berenger de outras maneiras, isso também era uma tarefa dos escravizados de estimação. Quando, algumas noites depois, o conselheiro Herode entrou no grande salão lotado, o rapaz percebeu que Berenger o seguia com os olhos, antes de olhar para cima, para o camarote onde o regente estava sentado, e franzir o cenho de leve.

– Que foi? – perguntou Ancel, bem baixo, com a mão no braço de Berenger, afastando-o daquela balbúrdia de cortesãos e escravizados de estimação.

Ancel tinha acabado de surrupiar uma fruta cristalizada do lorde Droet, dizendo: "Seu escravizado de estimação é lento demais!", para deleite do lorde e irritação do escravo que o acompanhava, uma nuvem de tempestade vestida de seda azul.

Depois de alguns instantes, Berenger respondeu, em voz baixa:

– Eu gostaria de falar a sós com o conselheiro. Queria ser capaz de providenciar isso.

Os olhos de Berenger ainda estavam fixos no homem grisalho do outro lado do salão. Uma hora, tornou a olhar para Ancel.

– Posso providenciar isso – disse Ancel.

E arqueou as sobrancelhas quando Berenger lhe lançou um olhar cético.

– Posso fazer todos olharem para mim.

E lá estava o cenho franzido tão conhecido, feito um velho amigo.

– Ancel, já disse que não quero...

Ancel já estava indo pegar um mastro dos estandartes menores que enfeitavam o ambiente. Dispensou a flâmula e girou o bastão na mão.

– Ah, também tem cartas na manga? – perguntou o lorde Droet.

– Gostaria de ver uma delas? – rebateu Ancel. E, em seguida, atirou o bastão para o lorde, que habilmente o pegou no ar.

Algumas cabeças se viraram em sua direção.

– Acho que todos os homens aqui presentes querem ver o que você é capaz de fazer – respondeu o lorde Droet.

– Tire a capa – disse Ancel.

Mais cabeças se viraram. Ancel viu que Berenger assentiu uma vez, rapidamente, e depois se misturou aos presentes. O lorde Droet estava dando risada, mas também fazia sinal para o próprio escravizado de estimação se aproximar e abrir as amarrações da capa. Ancel era capaz de sentir a atenção, feito a luz forte do sol contra sua pele.

– Não precisa dela de volta, precisa? – perguntou.

– Acredito que não.

Ancel rasgou a capa ao meio. Então ouviram-se alguns suspiros de assombro e mais risos, vindos do lorde Droet, que disse:

– Espero que sua cartada não se resuma a isso.

– Jogue o bastão de volta para mim – pediu Ancel.

Àquela altura, um pequeno grupo de pessoas havia se reunido em volta deles. Ancel pegou o bastão no ar com apenas uma das mãos. Hábil, ele enrolou os retalhos da capa rasgada do lorde Droet nas duas pontas, deu um passo para trás, virou uma lamparina e mergulhou os trapos da capa do lorde no óleo. Em seguida, encostou as duas pontas na chama.

Houve suspiros quando os tecidos pegaram fogo e Ancel jogou o bastão bem para o alto, uma roda giratória de luz perigosa.

Ancel viu: rostos iluminados pelas chamas, choque e deleite por sua audácia, prazer infantil com aquele espetáculo. Ancel viu: Berenger indo até o outro lado do salão, o conselheiro Herode se inclinando para lhe murmurar algo. Sabia como seu rosto estava: vermelho, vermelho, vermelho.

Não foi muito diferente de uma apresentação planejada, as pontas dos bastões pegando fogo. Ele conseguiu pegar o bastão de volta quando caiu pela primeira vez, compensando a diferença de peso entre as duas partes da capa. Sabia o que acontecia quando um bastão era derrubado durante uma apresentação: o perigo onipresente do fogo, os pavios encharcados de combustível, as sedas inflamáveis que usava, as longas madeixas dos próprios cabelos.

Isso fazia parte da emoção, da sensualidade e do perigo. Agora, Ancel havia conquistado a atenção de todos. Jogava o bastão para o alto e rodopiava, e era fácil, tudo voltando para ele, os dias da infância antes de mudar de profissão, antes da série de favores, cada vez maiores, até o momento em que enfim concordou. "Terá que pagar mais. É a minha primeira vez."

Mas o bastão em chamas improvisado logo crepitou e se apagou. Ancel o pegou no ar, segurou-o entre as duas pontas escurecidas que soltavam fumaça e lançou um olhar desafiador para o lorde Droet.

— Sua capa virou cinzas — disse Ancel. — Devemos tentar com suas calças agora?

Risos. Aplausos. Deleite.

— Passe as calças, lorde Droet! — gritou alguém.

Mais risos.

— Você tem muitos talentos, não é mesmo? — disse uma voz de menino, e Ancel se virou.

O menino era muito lindo e muito novo. Tinha olhos azuis enormes e uma profusão de cachos castanhos. Ancel sabia quem ele era. Todo mundo sabia quem era aquele menino: o escravizado de estimação mais famoso da corte. Até então, Nicaise jamais havia dirigido a palavra a Ancel e não parecia nem um pouco contente em estar falando com ele naquele momento.

Ancel ergueu os olhos e viu que, do outro lado do salão, o regente os observava.

— A embaixada de Patras chega na semana que vem — disse Nicaise. — Uma dança pirotécnica seria a atração perfeita. O regente gosta de suas habilidades e espera que você se apresente. Esta é a minha mensagem.

— Seria uma honra — respondeu Ancel.

— Já que você gosta de brincar com fogo — disse Nicaise.

Os batimentos de Ancel ainda não haviam voltado ao normal quando Berenger retornou, o sangue pulsando, de tanto sucesso. Ele atirou os braços para o pescoço de Berenger, enlaçando-o, e disse:

— Você viu? Eu sou um sucesso!

Berenger aproveitou a oportunidade dada pela proximidade física para falar, em um tom grave:

– Você me ajudou muito esta noite.

– Falei para você que consigo fazer todo mundo olhar para mim – disse Ancel.

Até o regente.

◆ ◆ ◆

Os boatos começaram a se espalhar logo de cara.

O interesse desenfreado por Ancel agora tinha uma ponta de maldade – Ancel era um arrivista, um prostituto de bordel barato. Ancel era um mercenário, faria qualquer coisa para obter um contrato. Ancel era perigoso, tinha um passado sombrio.

Ancel gostava disso, um sinal de sucesso. Sabia que os escravizados de estimação da corte não gostavam que um recém-chegado chamasse a atenção da realeza.

Na atmosfera relaxada, desencadeada pelo vinho após as refeições, os cortesãos gostavam de se entregar aos prazeres da carne. Homens e mulheres flertavam com seus escravizados de estimação, a atmosfera era desinibida e carnal. E conversavam, riam, provocavam, seduziam, especulavam, em especial os escravizados de estimação, que ficavam varrendo o salão com os olhos, à procura de um novo objeto de dissecação. Ancel gostava de ser o centro das atenções. Mas, graças a Berenger, havia uma linha de ataque que jamais existira antes.

– Ouvi dizer que Berenger gosta de *mulheres* e que, às vezes, desaparece da corte para poder…

Ancel ficou corado. Saiu do salão principal e foi direto falar com o lorde, que estava sentado em uma antecâmara conjugada, em um dos divãs compridos, em meio de um punhado de conhecidos, que conversavam em pequenos grupos descontraídos.

– Beije-me – disse Ancel, quando se acomodou, apoiando um joelho de cada lado das coxas de Berenger, com os dedos entrelaçados na nuca dele.

– Quê? – disse Berenger.

– Na boca – disse Ancel.

– O que as pessoas andam dizendo? – perguntou Berenger, depois de um bom tempo.

Ancel ficou ainda mais corado, não conseguiu impedir que seu rosto esboçasse reação. O rapaz não respondeu e Berenger continuou encarando-o com um ar inquisidor.

Então o lorde virou a cabeça e olhou de relance para o pequeno emaranhado de pessoas paradas perto dos dois e fez uma leve careta. Inclinou o corpo e beijou Ancel no instante seguinte.

Ancel sentiu o beijo nos lábios, a mão de Berenger em sua cintura. Durou um ou dois segundos, até que o lorde se afastou. O rapaz pôde ver as pessoas observando, consciente até demais dos olhares, das palavras sussurradas, dos falsos boatos que começariam a surgir, como aqueles que rondavam o príncipe.

– Todos estão olhando. Beije como se tivesse vontade.

Berenger estava começando a franzir o cenho. Ancel pensou, com uma explosão de irritação, "Sei que você não quer, mas não pode pelo menos fingir?". Será que era tão difícil assim? Ele mesmo fingia o tempo todo. Berenger tinha uma reputação a zelar, mas, se dissesse isso, era provável que o lorde lhe desse uma resposta idiota, do tipo que sua própria reputação não tinha a menor importância para ele.

– Meu valor vai cair se pensarem que não estou prendendo a sua atenção – argumentou Ancel.

Por um instante, os dois ficaram apenas se olhando. Então Berenger apertou mais forte a cintura de Ancel e o beijou.

Foi um choque sentir a língua de Berenger dentro de sua boca. Não estava esperando um beijo de verdade, apesar de ter sido o que pedira, e isso o surpreendeu e o desequilibrou. Em geral, Berenger era tão reservado. Ou, talvez, tenha sido simplesmente porque fazia muito tempo que Ancel não beijava ninguém. Já não estava mais acostumado. A sensação não foi de algo impessoal. Pelo contrário: tinha extrema consciência de que era Berenger quem beijava.

Quando o lorde se afastou, Ancel estava montado no colo dele, olhando para baixo, em direção ao amo. Ainda tinha dificuldade de processar a consciência exacerbada que tinha de Berenger, o homem sóbrio, sério, que preferia ler a conversar. Seus lábios formigavam por conta do beijo que recebera dele, e isso não lhe parecia fazer sentido.

– Ancel... – disse Berenger.

– Com vontade – disse Ancel, e o beijou de novo.

O rapaz beijava bem. Sabia fazê-lo de um modo que fosse bom de experimentar e sabia fazê-lo de um modo que fosse bom de olhar. Beijava com maestria, sutilmente pedindo mais, ao mesmo tempo que posicionava o corpo no melhor ângulo para todos que estivessem assistindo.

— Meu amo — disse, com um tom excitado, e era exatamente esse tom que deveria fazer. — Berenger.

O beijo se tornou mais intenso. Ancel fechou os olhos. Era capaz de imaginar exatamente do que Berenger gostava: de fazer amor no escuro com um jovem rapaz de camisa simples. Se algum dia os dois... Ancel teria que fingir, no mínimo, um certo grau de inocência, experiente no quesito físico, mas despreparado no emocional, admirando Berenger e dizendo que, até então, jamais tinha sido *assim*.

Imaginou o seguinte: Berenger o beijando na intimidade. Uma sensação estranha, de tremor, começou a tomar conta dele. Na intimidade, o lorde devia beijar com a mesma seriedade que demonstrava ali, e provavelmente fodia desse jeito também, com estocadas fortes e constantes.

— Você finge tão bem. — A voz de Berenger no seu ouvido, rouca.

— Eu sei — disse Ancel. — Sei que sou bom nisso.

Ancel baixou a mão, até as amarrações da braguilha de Berenger, e, no instante seguinte, o amo o fez levantar e o arrastou para uma das pérgolas privativas dos jardins da cópula. Ancel foi cambaleando atrás dele.

Videiras frondosas e galhos escondiam os dois, o espaço exíguo mal iluminado e isolado. Berenger empurrou Ancel lá para dentro, e este meio que esperou que o lorde fosse grudá-lo na treliça da pérgola. Conseguia sentir o cheiro das folhas esmagadas e o aroma inebriante das flores. Estava com calor e confuso, e sentia um latejar na cabeça, algo que, até então, nunca havia estado ali.

Olhou de novo para Berenger, abriu a boca para dizer algo – não sabia o quê –, mas antes que conseguisse...

– Quanto tempo precisamos ficar aqui? – perguntou Berenger.

– Como é? – perguntou Ancel.

– Quanto tempo você costuma demorar, normalmente? – perguntou Berenger.

Levou um instante para Ancel compreender aquelas palavras e seu significado. Mas o modo como Berenger ficou parado, longe dele, como um homem cuja noite fora interrompida por uma farsa na qual tinha pouco interesse em participar, deixou tudo bem claro.

Ancel reprimiu o que sentia dentro do peito e fechou os olhos por alguns instantes.

– Pelo menos meia hora. Tenho uma reputação a zelar.

– Tudo bem – concordou Berenger. E ficou parado no lugar, todo sem jeito.

Ancel se ouviu dizer:

– A menos que você...

Me queira.

Você me quer?

Pensou que poderia fazer Berenger gostar. Sabia como agradar aos homens. Era o mínimo que poderia fazer e, por acaso, não seria melhor do que ficar parado ali, todo sem jeito, durante meia hora? Eles poderiam se beijar de novo, fazer mais do que se beijarem, e Ancel poderia se ajoelhar e dar prazer a Berenger, do jeito que melhor sabia fazer.

– Acho que tanto eu quanto você sabemos que isso não está dando certo – disse Berenger, em voz baixa.

– Isso – disse Ancel.

Berenger não estava olhando para ele.

– Vou pagar pelo seu tempo até o fim do contrato. Podemos nos separar depois que você fizer sua apresentação para a delegação de Patras. Você pode falar que o prazo do contrato que tem comigo simplesmente expirou.

– Você está rescindindo nosso contrato – constatou Ancel.

Ouviu a voz de Berenger como se viesse de longe, o ar frio da noite, ali nos jardins, contra sua pele quente. O som da brisa nas folhas lhe pareceu alto demais, e ele tinha uma consciência exagerada da oscilação do próprio peito.

– Todo mundo vai querer ficar com você depois da apresentação. Não terá dificuldade em encontrar homens que façam um lance...

– Eu sei – cortou Ancel. – Sou o melhor escravizado de estimação desta corte.

CAPÍTULO QUATRO

Ancel não sabia por quê, mas no dia seguinte, quando viu Berenger falando em voz baixa com o escravizado de estimação do lorde Droet, ficou bravo e saiu, pisando firme, daqueles aposentos abafados, iluminados em demasia, rumo à sombra fresca dos jardins.

Dentro do palácio, as pessoas se aglomeravam e fofocavam sem parar a respeito do último desatino do príncipe. Ali fora, havia apenas lamparinas agradáveis, nada da luz escaldante de mil velas, e Ancel conseguia pensar.

Havia muitos lordes na corte mais ricos do que Berenger, cujas posições eram superiores à dele. Ancel poderia ter qualquer um deles. Mas isso não era um triunfo. Tinha ido até ali para chegar ao topo.

Então ouviu passos vindo de trás. *Berenger.* Virou-se.

Não era Berenger, e sim a embaixadora de Vask. Ancel conhecia aquele rosto de uma dezena de divertimentos noturnos. Conhecia bem seu estilo escultural de vestido, os elementos vaskianos que ela incorporava em seus trajes. Tinha a postura ereta e o porte de uma mulher que estava acostumada ao poder.

– *Lady* Vannes – disse Ancel.

A embaixadora o examinava. Ancel pensou em dizer algo arriscado, em tom de flerte; em dizer que a mulher não deveria ficar a sós com ele, pensando no escândalo e na excitação disso. Mas *lady* Vannes não estava sozinha. Sua escravizada de estimação, que também era natural de Vask, estava a seu lado, com uma expressão severa, adornada com pesadas joias de ouro.

– Você e Berenger não combinam nem um pouco – falou Vannes. – E você, obviamente, é ambicioso. Torço para que não o magoe demais quando resolver seguir em frente.

Ancel afastou-se do gradil do jardim e bateu as pestanas lindamente.

– Eu não seria um escravizado de estimação muito bom se não partisse, no mínimo, alguns corações.

A embaixadora demonstrou ter gostado desta réplica.

– Talvez sua próxima conquista saiba o que fazer com você.

Um pequeno grupo de cortesãos se aproximava. Ancel franziu o cenho. Berenger continuava com o escravizado de estimação do lorde Droet. Pelo menos, ninguém sabia que era Berenger quem estava rescindindo o contrato. Todo mundo pensaria o que Vannes pensou, que o lorde não era capaz de segurar Ancel, e que Ancel resolvera seguir em frente com alguém melhor.

O único propósito de ter ido para a corte tinha sido para garantir um contrato cintilante. Agora Ancel precisava fazer isso.

Então pensou no impossível. Para os escravizados de estimação, tudo se resumia a um homem: o príncipe. O príncipe, que jamais possuíra um escravizado de estimação. O príncipe, que jamais possuíra ninguém nem fora possuído, assim diziam. Falavam que ele era frígido, que corria gelo em suas veias, que nenhum escravizado de estimação conseguia despertar seu interesse.

Mas existia uma pessoa que havia conquistado a atenção absoluta do príncipe.

O olhar de Ancel perambulou pelos jardins e, na pérgola do canto, viu o escravo do príncipe. Estava ajoelhado, os músculos saltados, preso ao pilar com a mais fina das correntes, os cachos castanho-escuros caindo da cabeça curvada. Alguém o acorrentara e o deixara ali sozinho, sem nenhum tratador por perto.

Quando Berenger e os demais se aproximaram, Ancel sabia exatamente o que iria fazer.

– Vamos dar uma voltinha no jardim – disse Ancel, e então deu um sorriso meigo para Berenger e o pegou pelo braço, substituindo o escravizado de estimação do lorde Droet.

Ele foi na frente do grupo, fazendo com que dessem, lentamente, voltas pelas trilhas que levavam até a pérgola onde havia menos lamparinas e menos ruídos. Foram caminhando na companhia dos demais, Vannes, lorde Droet, Berenger e os escravizados de estimação, um grupo de seis pessoas, até chegarem à pérgola onde haviam prendido o escravo do príncipe.

De perto, o homem era maior e mais assustador. Tinha um físico imponente e exalava um orgulho desdenhoso. Parecia ser capaz de partir qualquer tratador ao meio. Em nada lembrava um escravizado de estimação da corte: dava a impressão de que os demais cortesãos brincavam com gatinhos, e o príncipe havia trazido um leão.

De propósito, Ancel parou diante da pérgola.

O escravo do príncipe não estava sozinho. Havia outro escravo com ele, um rapaz loiro, esguio, de olhos arregalados, também de Akielos. Os dois só tinham olhos um para o outro, conversavam baixinho, em meio à penumbra da vegetação. Enquanto Ancel observava, o escravizado loiro levou, com delicadeza, a mão até o rosto do escravizado do príncipe e o ergueu.

— Não parem por nossa causa — disse Ancel.

Os dois se separaram às pressas. O jovem escravo loiro encostou a testa no chão, uma postura de submissão que dava a impressão de ter sido pensada para provocar a vontade de pisoteá-lo. Ancel se deu conta de que estava inexplicavelmente irritado com aquela passividade. O escravo do príncipe ficou de joelhos e se afastou, apenas o suficiente para lhes lançar um olhar fulminante. Ancel encarou o homem com frieza.

— Mais um ou dois minutos e talvez os tivéssemos pegado se beijando.

Berenger estava franzindo o cenho. O escravo do príncipe permaneceu onde estava, com um ar de quem tolerava uma intromissão que logo chegaria ao fim. Por breves instantes, mediu Ancel, Berenger e Vannes com o olhar, fazendo uma expressão de desdém, de quem não havia se impressionado nem um pouco. Seu único movimento foi o de sutilmente mudar de posição, um reorganizar dos músculos.

Ele estava preso à grade da pérgola com uma delicada corrente de ouro. Ancel recordou que aquele escravo havia nocauteado um lutador na arena, que ele tinha colocado as mãos no príncipe durante o banho e, depois, o atacado no salão principal. Se ficasse de pé, aquela minúscula corrente não resistiria.

– Acho que é mais excitante agora que sabemos que ele é realmente perigoso – disse Ancel.

– O conselheiro Guion sugeriu que ele não foi treinado para desempenhar as funções de um escravo de prazer – disse *lady* Vannes. – Mas o treinamento não é tudo. Ele pode ter um talento natural.

– Talento natural? – perguntou o príncipe.

Então veio se aproximando, frio. Ancel teve de se segurar para não se virar, o coração batendo em frenesi enquanto fazia a mesura, acompanhando os demais. Quando ergueu os olhos, o príncipe estava *bem ali*, o mais perto que Ancel jamais havia chegado de alguém da realeza.

Quando se aproximou da pérgola, o príncipe de Vere se tornou autoritário no mesmo instante, sem um pingo de delicadeza ou condescendência. Um rapaz de cabelo dourado, olhos azuis frios e um perfil arrebatador, ele possuía a beleza de um escravizado de estimação e o porte de um príncipe. Era mais sisudo do que Berenger e usava trajes escuros e severos. Dava a impressão de ser capaz de comandar o escravo com a força do pensamento, como se o sofrimento do escravo lhe provocasse prazer.

– Eu ficaria satisfeito em fazer uma performance com ele – anunciou Ancel.

O príncipe não reagiu, os olhos fixos no escravizado.

– Ancel, não. Ele poderia machucá-lo.

Ancel ignorou Berenger e se dirigiu aos ombros e às costas do príncipe:

– O senhor gostaria disso?

Berenger franziu o cenho.

– Não, não gostaria.

– O que acha, Alteza? – perguntou Ancel.

O príncipe se virou para trás e, de repente, Ancel percebeu que era o único objeto da atenção de Laurent.

– Acho que seu mestre iria preferi-lo intacto – respondeu o príncipe.

– Sua alteza podia amarrar o escravo.

Ancel percebeu o instante em que o príncipe assimilou aquela ideia. Havia algo a mais em seu olhar, algo íntimo, mas que só transpareceu por um instante, antes de sua expressão se anuviar.

– Por que não?

Dois tratadores começaram a se aproximar do escravo. Iriam imobilizá-lo ainda mais, porque ele era perigoso.

Ancel olhou bem nos olhos de Berenger.

– Diga-me como quer que eu o coma.

– Não quero que você o coma – respondeu Berenger.

– Eu quero – disse Ancel. – Quero fazer isso enquanto você assiste.

"Você quis dizer enquanto o príncipe assiste", Berenger pensou, mas não disse nada. Em vez disso, franziu o cenho daquele jeito dele, virou-se para os tratadores e passou algumas orientações de segurança. Ancel mal ouviu o que o lorde disse, só tinha uma vaga consciência da movimentação, dos preparativos sendo feitos.

Atraídos pela raridade do espetáculo, outros cortesãos se aproximaram, e depois mais alguns, uma pequena plateia se reunindo.

Criados surgiram, distribuindo bebidas. O tilintar dos copos e bandejas parecia alto demais.

Ancel não precisava de Berenger. Treparia com o escravo do príncipe, na frente de todo mundo. Nenhum outro amante de estimação jamais havia conquistado a atenção do príncipe.

Como a minúscula corrente de ouro não era forte o suficiente, tratadores prenderam o escravo do príncipe ao banco, onde ele foi posicionado com os pulsos algemados à grade, acima da cabeça, o tronco uma longa linha de músculos e as pernas afastadas.

O escravo olhou nos olhos de Ancel por um instante, irradiando fúria, antes de voltar toda a força desse sentimento contra o príncipe, que apenas encarava-o com frieza nos olhos.

E então chegou a hora, todos foram se sentando nos bancos da pérgola e Ancel foi se aproximando do escravo, todos os olhos voltados para ele.

De perto, o escravo era uma presença dominante. Os músculos compridos das coxas ficaram saltados quando Ancel se ajoelhou no meio delas. O rapaz lembrou-se do rastro de sangue que vira na arena, e a adrenalina deixou seus batimentos ainda mais acelerados. Aquele escravo golpeando o oponente no chão da arena. Não era um escravizado de estimação da corte nem um cliente de bordel. Era um akielon, nomeado em referência ao assassinato do príncipe que havia em Akielos.

Ancel pôde perceber, quando pôs as mãos naquelas pernas, que o escravo não gostava dele. Aquilo lhe irritou. Por acaso achava que Ancel estava salivando de vontade de chupar o pau dele? O tempo todo, escravizados de estimação eram obrigados a fazer coisas das quais não gostavam. Ancel inclinou o corpo para a frente e segurou o pênis dele, que era grande e ainda não estava duro.

Fazia muito tempo que Ancel não fazia um boquete, graças ao pudor de Berenger. Foi desconcertante, incômodo no início, como se ele não quisesse estar perto daquele jeito, nem quisesse pôr a boca naquele membro. Mas reprimiu o sentimento. Era bom naquilo. Sabia o que e como fazer.

A sensação de incômodo cresceu. O escravo era burro demais para se dar conta de que deveria estar atuando. Demorou para ficar ereto, ficou meia-bomba e imóvel. Como havia conseguido conquistar uma função na corte, se tinha habilidades tão fracas? Será que não estava se esforçando nem um pouco?

E aí vieram as seguintes palavras, gélidas:

– Me pergunto se conseguimos fazer melhor do que isso. Pare.

Ancel sentiu o escravo dar um solavanco, o pau endurecendo quando o príncipe se acomodou no banco da pérgola, ao lado dele. O rapaz mudou de posição quando o príncipe espichou a perna, deixando a bota lustrosa bem a seu lado. Então olhou para cima e viu que os olhos do príncipe estavam fixos no escravo, e este, por sua parte, ficou sentado com os dentes cerrados, a cara virada de lado.

– É mais fácil ganhar um jogo se você não jogar todas as cartas de uma vez – disse o príncipe. – Comece mais devagar.

– Assim?

A espera foi deliberada, para obrigar o príncipe a responder.

– Assim.

Ancel entrelaçou as mãos atrás das costas, mais para se exibir, e usou apenas a boca, abaixando a cabeça para lamber a fenda da glande. Agora que o pau estava completamente duro, parecia um pênis maior do que qualquer outro que o rapaz já havia chupado.

– Ele gosta disso. Faça com mais força.

Ancel sentiu o escravo dar mais um solavanco, o ouviu soltar um leve suspiro. Gostava mesmo daquilo, pois puxava a corrente que o imobilizava de forma inconsciente, enquanto Ancel, seguindo as ordens do príncipe, começou a chupar lentamente a cabeça do pau.

– Agora lamba-o. Inteiro – orientou o príncipe, e Ancel enfiou o pau do escravizado na boca, até a garganta.

Não engoliu tudo, tudo. Ouviu o outro dizer algo em akielon. Parecia um palavrão. Ancel meio que ficou esperando que o príncipe pegasse sua cabeça e a empurrasse até que engolisse o último centímetro. Mas, quando ergueu os olhos, nenhum dos dois homens estava prestando atenção nele; fitavam-se fixamente.

Ancel não tossiu nem precisou de uma pausa para respirar, uma habilidade cultivada que com frequência era admirada. Podia até nunca ter chupado um pau tão grande, mas já chupara muitos, e começou a apresentação propriamente dita: os movimentos repetitivos para cima e para baixo, inclinando o corpo levemente para o lado, para que os espectadores enxergassem melhor, e gemendo para indicar prazer.

– Agora tudo – disse o príncipe, e Ancel foi mais fundo, até conseguir ficar com tudo na boca, a garganta inteira era um receptáculo.

O príncipe, sentado como quem não queria nada no banco da pérgola, continuou dando ordens. Mais cedo ou mais tarde, o escravizado começou a ofegar e, depois de um tempo, começou a dar estocadas, de livre e espontânea vontade. Quando isso aconteceu, Ancel não pôde fazer nada, a não ser abrir a garganta. Não tinha a menor importância o fato de que o príncipe, ao que tudo indicava, não estava prestando atenção nele nem o fato de que não passava de um receptáculo. O outro nem sequer lhe dirigia o olhar.

Era isso que Ancel queria. Era nisso que era bom.

– Termine com ele – disse o príncipe, que levantou e se afastou, demonstrando desinteresse, antes mesmo de terminar de dar a última ordem.

As coisas ficaram um pouco difusas depois disso. Ancel acelerou o ritmo, o escravo deu solavancos, dobrando o corpo, sem conseguir se segurar quando gozou.

Ancel engoliu antes de se dar conta do que estava fazendo. Um instinto enevoado. O escravo estava ofegante, olhava para cima, através do emaranhado de cachos, com um ar furioso, como se quisesse mais uma chupada, desta vez com as mãos ao redor do pescoço de alguém. Mas não olhava para Ancel. Em vez disso, ergueu os olhos e os fixou bem no príncipe.

Os dois estavam encadeados, Ancel parecia completamente esquecido quando ficou de pé, cambaleando.

Sentia a garganta esfolada. Todos vieram rodeá-lo. Cortesãos se reuniram a seu redor, tecendo elogios, fazendo comentários e dando os parabéns. "Você é mesmo o escravizado de estimação perfeito", "Nunca vi ninguém chupar desse jeito" e "Eu pagaria uma fortuna por você".

Berenger o segurou pelo braço e o puxou para o lado, levando-o para longe dali, para a privacidade de uma outra pérgola, antes que o rapaz pudesse resistir.

Ancel se lembrou da última vez que o lorde o arrastara até uma pérgola. Lembrou-se do que achava que iria acontecer. Conseguia sentir os próprios lábios vermelhos e inchados. Conseguia sentir o gosto forte de sal, as estocadas brutas.

Berenger tinha a mão no ombro dele, analisando-lhe o rosto. Ancel ergueu o queixo.

— Ele machucou você? — As palavras foram breves.

— Eu gostei — disse Ancel. — Gosto de chupar pau. Sou um escravizado de estimação.

Por um instante, os dois ficaram se olhando, até que Berenger tirou a mão do ombro de Ancel.

— Lamento — disse Berenger — que sua ceninha não tenha surtido o efeito que você desejava.

— Quem disse que não? Todo mundo está falando de mim — disse Ancel. — É isso o que eu quero.

◆ ◆ ◆

O bastão de fogo apagado cheirava a óleo de lamparina e estava pesado; o tecido, empapado e encorpado, enrolado nas duas pontas, fazia as vezes de pavio.

Estava pronto, assim como Ancel estava pronto, à espera em uma antecâmara contígua ao salão principal. Ele trajava sedas translúcidas e efêmeras, do tipo que queimaria sua pele em um segundo caso cometesse algum erro com as chamas. Seu rosto fora pintado para realçar os lábios e os olhos verdes, e os cabelos estavam soltos e texturizados. Vermelhos, da cor do fogo, da cor da regência: a similaridade foi deliberada.

– O regente vai solicitar seus serviços durante o jantar.

A voz conhecida de menino que sibilou atrás dele ainda não tinha sido arruinada pela puberdade. Ancel se virou e olhou para Nicaise, olhou de verdade, para os grandes olhos azuis, os cabelos lindamente cacheados e para o brinco comprido, pesado demais para aquele rosto tão jovem.

– Se você fizer uma coisa.

Pela porta, Ancel conseguia avistar o grande salão atrás de Nicaise. O jantar estava chegando ao fim, e as pessoas haviam começado a se dirigir para a parte seguinte da noite, para as conversinhas e entretenimentos. Entre os cortesãos, estavam escravizados de estimação, criados, arautos, séquitos e guardas. Eram três os príncipes lá dentro: Torveld, príncipe de Patras; Laurent, príncipe de Vere; e o regente, o homem mais poderoso da corte, que comandava tudo aquilo de seu assento.

– Solicitar meus serviços? – disse Ancel.

– É fácil. Você tem fogo. O escravo loiro não gosta de fogo.

Nicaise apontou com o queixo para o outro lado do arco, para o local onde havia um tratador trazendo um escravizado de estimação loiro que iria ficar na antecâmara com eles, puxando-o por uma corrente presa à coleira que levava no pescoço.

Era o loiro da pérgola. Aquela criatura insípida, frouxa, que dava vontade de beliscar ou de sacudir até que acordasse. Tão inútil quanto uma corça na floresta. Esperando que outra pessoa o ajudasse.

Com aquela aparência, o escravizado loiro poderia ter deixado aquela corte de quatro se fizesse o mínimo de esforço. Em vez disso, estava tremendo, indefeso, à espera de uma salvação que jamais chegaria. Era irritante.

– Depois disso, o regente vai solicitar seus serviços. Todos vão vê-lo sentado ao lado dele. É isso que você quer, não é? Os lances pelo seu contrato irão às alturas.

– Uma noite inteira com o regente? – Ancel rodopiou o bastão. – Você não está com ciúme?

– Não estou – disse Nicaise. – Você é velho.

◆ ◆ ◆

Ancel não conseguia acreditar, mas o príncipe Torveld gostou do escravizado loiro.

A noite começou bem. Todos os pares de olhos no salão estavam fixos em Ancel, admirando-o, mesmo antes de ele mergulhar os bastões nas chamas, mesmo antes de pegarem fogo.

Desde a primeira vez que atirou os bastões para o alto, Ancel teve certeza de que sua apresentação era um sucesso, o fogo feito luz líquida em suas mãos. Tinha a sensação de que fazia parte das chamas, lindo, forte, pleno de um calor perigoso. Era como segurar poder nas próprias mãos, o corpo maleável e reativo, atirando os bastões cada vez mais para o alto, rodopiando-os, reluzentes e quentes.

Aplausos estrepitosos irromperam quando ele terminou, ofegando de leve e sentindo o triunfo do momento correndo em suas veias. E aí o escravizado loiro foi trazido por um tratador.

Nicaise tinha razão. Ancel não precisava fazer muita coisa, apenas se aproximar com os bastões na mão, rodopiando-os de leve. O calor, por si só, bastou para o loiro empacar, puxando a corrente feito um cavalo que puxa a corda do adestrador. Teve que ser arrastado para a frente, e isso o fez engasgar-se, porque a corrente puxava-lhe a coleira em volta do pescoço. Ele estava com uma expressão apavorada.

Ancel ficou bravo com isso. Aquela criatura chorona, que fora trazida para a corte e recebera de bandeja todas as oportunidades pelas quais ele mesmo tivera que se esforçar muito, não estava fazendo nada para avançar na própria carreira, nem mesmo naquele momento.

No entanto, no instante seguinte, o príncipe Torveld estava chamando o escravo, pedindo que se aproximasse, e – em vez de expulsá-lo do salão aos chutes – estava paparicando a criatura, falando com ela, acariciando seu cabelo loiro desgrenhado.

Ancel ficou boquiaberto. Por acaso o príncipe Torveld iria levar o escravo para casa? A troco de quê? De se mostrar fraco demais para sobreviver na corte? Aquela era uma injustiça terrível. Se Ancel tivesse simplesmente se deitado e esperado a chegada de um salvador, teria morrido na rua.

Ele apagou os bastões, a fumaça densa e acre, e voltou para a própria mesa.

Berenger estava olhando-o com um ar enojado.

– O que você fez...

– Não é da sua conta – interrompeu-o Ancel. – Depois desta noite, não tenho mais nada a ver com você.

Enquanto falava, um criado de uniforme se aproximou da mesa e disse:

– Ancel, o regente de Vere convoca sua presença.

Ele, então, ficou de pé. O insípido escravo loiro não era o único que havia conquistado a atenção da realeza. Ancel foi direto até o camarote que levava ao trono do regente, ajoelhou-se e só se levantou depois que este lhe deu permissão, fazendo um gesto. Ergueu os olhos, acima das vestes com barra de arminho, e viu o rosto do homem mais poderoso da corte.

O regente era mais velho do que Berenger, talvez tivesse uns dez anos a mais. Não era mais velho do que Louans – Ancel, com certeza, já saciara homens mais velhos do que este. Era difícil pensar em outros homens quando estava diante do regente, cujo poder lhe conferia uma autoridade que faltava aos demais.

Naquela noite, estava trajado de vermelho, e a intensa cor da realeza favorecia sua aparência, seus ombros largos e poderosos, o cabelo castanho-escuro ainda praticamente intocado pelo grisalho. O regente tinha a barba bem aparada, diferente do visual de cara limpa adotado pelo sobrinho. Nos dedos, tinha anéis pesados de pedras preciosas e, em volta do pescoço, uma grossa corrente de ouro e rubis, representativa de sua posição.

Fez sinal para Ancel se aproximar.

– Venha. Sente-se.

Não havia onde sentar. Ancel se aproximou e simplesmente montou no colo do regente, de frente para ele, e entrelaçou os braços no pescoço do homem. Ao fazer isso, ouviu murmúrios e ergueu o queixo, sem pudor algum. Então encarou o regente nos olhos. Sua linguagem corporal era como uma reivindicação, como uma posse.

– Você é exótico, não é mesmo? – disse o regente, então passou a mão no cabelo de Ancel. Vermelho, como a regência.

– Sou ímpar, Alteza – respondeu Ancel. O outro título estava na ponta da língua. "Sua Majestade." O regente lhe parecia um rei. Com o outro braço o homem lhe segurou pela cintura.

– Fale-me de seu amo – pediu o regente. – O lorde Berenger.

– Ele é entediante – disse Ancel. – Sério. Leal.

– Leal a meu sobrinho – acrescentou o regente. Falava de um jeito agradável, mexendo nos cabelos de Ancel. O puxão doeu.

– Leal ao trono. – O coração de Ancel começou a bater mais rápido.

– Ouvi dizer que ele se reuniu com meu sobrinho, diversas vezes. O que foi discutido?

– Eu não saberia dizer. Não estava presente nas reuniões. – Ancel manteve um tom leve.

– Então houve reuniões.

De repente, sua boca ficou seca e teve dificuldade para engolir. Pensou em Berenger no salão, em algum ponto atrás dele, e se perguntou se o lorde o olhava; provavelmente não.

– Não. Quis dizer que não sei... não sei que reuniões ele teve.

– Ah, que pena. – O tom foi de decepção. – Pensei que você fosse inteligente.

O regente se mexeu, obrigando Ancel a mudar de posição, todo atrapalhado. Estava fazendo sinal para um dos criados se aproximar, desviando os olhos de Ancel, como se não precisasse mais dele.

– E sou. – O coração de Ancel batia sobressaltado. – O senhor apenas não fez as perguntas certas.

– E quais seriam? – quis saber o regente.

– Se *eu* sou leal.

– E você é?

– Muito – disse Ancel. – A quem der o lance mais alto. É assim que os escravizados de estimação são. – Disse essas palavras com um tom suave, aveludado. – Hoje Berenger possui meu contrato. Mas, amanhã...?

– Admiro sua empreitada – comentou o regente. – Olhe só para esta corte. Consigo um contrato com quem você quiser...

O criado chegou, trazendo uma bandeja de prata repleta de doces. O regente pegou um deles e ficou segurando-o, entre o dedão e o indicador, na frente dos lábios de Ancel.

– ... se você for bom.

Ancel se inclinou e comeu o doce dos dedos do regente. Fez isso encarando-o nos olhos. O regente sorriu e limpou, com o dedão, o açúcar de confeiteiro que ficara nos lábios do rapaz.

– Seu escravizado de estimação é muito solícito – disse o regente quando foi devolver Ancel para Berenger, no fim da noite. – Passamos uma noite maravilhosa juntos, conversando.

– Alteza. – Berenger fez uma mesura exagerada. Seu rosto estava impassível.

Em silêncio, os dois voltaram para os aposentos do lorde. Ancel não pegou no braço dele, como costumava fazer. Estava tão tarde que não havia ninguém nas galerias nem nas escadas. Ancel conseguia ouvir o eco de cada passo. A presença deles parecia ser insuportavelmente ruidosa, apesar de Berenger não lhe ter dirigido a palavra.

Dentro dos aposentos, Berenger o dispensou com um aceno de mão. Ancel ficou observando o amo lhe dar as costas, ficou observando o amo entrar na parte escura dos aposentos, onde ficava a cama, e começar a desfazer a amarração da própria capa.

— Não contei nada para ele.

As palavras foram um golpe, direcionado às costas de Berenger, que estacou.

— Do que você está falando?

— De você e do príncipe. Que vocês dois têm feito reuniões secretas todas as noites. Que você escolheu o lado dele, que ofereceu financiamento e livre passagem por Varenne. Eu não contei nada disso para o regente, achei que você...

Berenger se virou. Foi até o outro lado do cômodo, as mãos nos braços de Ancel, apertando-o com força, olhando-os nos olhos.

— Pare com isso. Está estragando minhas roupas. Não contei para ele, já falei, não contei nada para ele.

Berenger não o soltou. Os olhos perscrutavam o rosto de Ancel.

— Como você sabe de tudo isso?

— Só porque gosto de coisas boas e não leio os livros chatos que você gosta de ler, não quer dizer que sou burr...

— Isso não é um *jogo*, Ancel.

— Eu estou tentando garantir meu futuro! Preciso ir para algum lugar. Depois que você... depois que você rescindir o contrato que tem comigo. O regente é o homem mais poderoso da corte. Por que eu não deveria tentar melhorar minha condição?

Mas eu jamais... eu jamais contaria nada a seu respeito para ele. Você sempre foi... generoso... você me deu presentes, e eu achei que você...

Berenger o soltou de forma brusca e deu dois passos para trás.

– Então é isso. Você quer presentes? – indagou Berenger, com um tom sem emoção, mortal. – Está tentando me chantagear e arrancar dinheiro de mim?

Ancel teve a sensação de que havia areia em sua boca, de tão seca.

– Não.

Berenger não se virou para olhá-lo na cara.

– Há vidas em jogo. Eu lhe darei o que quiser para manter minhas negociações em segredo.

– Eu não quero... Já falei, eu não contei nada para ele. Não contaria. Eu era o seu *escravizado de estimação*, achei que nós... Não quero o seu dinheiro desse jeito...

Ancel sentiu uma dor no peito. Berenger se virou quando ele disse as últimas palavras, e, quando os dois se entreolharam, Ancel não foi capaz de desviar o olhar.

Será que iria implorar?

– Você deve me odiar.

– Odiá-lo? – disse Berenger. – Por que eu o odiaria? Você sempre foi sincero comigo. Nunca tentou esconder o que é.

– Uma puta – disse Ancel.

Berenger não o contradisse. Não disse absolutamente nada, só ficou olhando para Ancel, que por sua vez ergueu o queixo.

– E daí se sou? Não tenho vergonha. Sou bom nisso. Sou capaz de fazer os homens me desejarem. – A voz estava por um fio. – Só não funciona com você.

No silêncio que se seguiu, ele pensou que nada disso faria diferença. No dia seguinte, teria um novo amo. Iria para o quarto, arrumaria seus pertences, as roupas, a pintura, os presentes, e Berenger seria apenas mais um proprietário, mais um homem do passado, mais um nome na lista.

Sentia uma pressão forte no peito que ele precisava ignorar. Daria as costas e iria embora, passaria para o homem seguinte, depois para mais outro.

– Funciona comigo – revelou Berenger.

As palavras, no tom sincero de Berenger, não fizeram sentido logo de início. Ancel não compreendeu; aquilo se aproximava demais de suas próprias esperanças. O olhar de Berenger era igual ao tom de sua voz, dolorosamente sincero. O coração de Ancel batia em disparada.

– Você nunca...

– Você nunca quis que eu...

– É isso que você acha? – disse Ancel.

– Sim – disse Berenger, sem pestanejar.

A verdade absoluta ficou pairando entre os dois. Ancel sabia disso e, mesmo assim, também sabia da confusão que sentira quando Berenger o beijara, sabia do sentimento agudo e escaldante que tinha ao pensar que Berenger rescindiria o contrato entre eles.

– Não me passe adiante – pediu Ancel.

– Ancel, eu vou apoiar a tentativa do príncipe de tomar posse do trono. A probabilidade de ele fracassar é grande, seus apoiadores serão ostracizados, tachados de traidores... Não posso garantir a você uma vida, um futuro. – Berenger estava sacudindo a cabeça. – Se o regente vencer, não terei dinheiro nem terras. Você deve ficar com alguém que possa lhe dar os luxos que merece, não com alguém que vai envolvê-lo em...

– É por isso? – perguntou Ancel. – É por isso que você resolveu rescindir o contrato que tem comigo?

Isso lhe parecia fazer sentido. E foi a isso que ele se apegou. Teve vontade de perguntar "Por acaso isso quer dizer que não está me passando adiante porque não me quer?". No entanto, não sabia como verbalizar a dúvida. E, normalmente, sabia muito bem como verbalizar e pedir o que queria.

– Você seria capaz de me dizer, com sinceridade, que iria querer ficar comigo se isso significasse pôr em risco sua posição? – perguntou Berenger. – Se eu não tivesse dinheiro algum?

– Nunca transei com ninguém sem ser por dinheiro.

As palavras não saíram do jeito que ele pretendia. O modo dolorosamente objetivo com que Berenger lhe fizera aquela pergunta significava que Ancel havia dado uma resposta sincera.

Foi Berenger quem falou:

– Quando o vi na arena, achei você incrível. Você era destemido, poderoso. Arrebatou todos os lordes do recinto e deu uma surra neles. Eu não conseguia tirar os olhos de você.

– Você também me deseja? – perguntou Ancel.

– Ancel...

– Quando nos beijamos, você...

– Sim.
– Não me importo com o que *pode* acontecer. – Ancel foi se aproximando, porque Berenger o desejava. Não conseguia impedir que os sentimentos causados por esse fato transparecessem em sua voz, o prazer que provocava, a autoconfiança recém-conquistada. – Você não é pobre neste instante. Pode pagar por mim.
Berenger estava sacudindo a cabeça em negativa.
– Ancel, eu não sou pobre neste instante. Mas se o príncipe fracassar...
– Se ele *fracassar*... – disse Ancel. Estava adentrando no espaço de Berenger. Pôs a mão nas amarrações da capa do amo, e Berenger não se esquivou. – Mas... e se ele vencer?

SUA OPINIÃO É MUITO IMPORTANTE

Mande um e-mail para **opiniao@vreditoras.com.br** com o título deste livro no campo "Assunto".

1ª edição, ago. 2024

FONTE Adobe Caslon Pro 11/16pt;
Trajan Pro Bold 14/21pt
PAPEL Book Creamy 68g/m²
IMPRESSÃO Gráfica Santa Marta
LOTE GSM240624